読めない人のための
村上春樹入門

仁平千香子 Nihei Chikako

JN197659

はじめに――苦しみ悩む人々に寄り添い、人生と向き合えるよう背中を押す文学

「読めない人のための村上春樹入門」というタイトルに興味を持ってくださってありがとうございます。本書は二種類の「読めない人」を想定して書かれております。

ひとつには、有名な村上春樹の作品が気になっているけれど、日常忙しくて読み始められない方。もうひとつには、すでに村上春樹の作品の読者ではあるけれど、読み終えられていないとか、村上の描く世界になじめないとか、村上作品の良さがよくわからないと首を傾げている方々です。もっと言えば、たいていの村上作品を読んではいるが、いまひとつ理解しきれず消化不良だと感じている方々も、本書の読者になりそうです。

＊

村上春樹は、現代日本の作家の中で圧倒的な人気を誇る存在です。『ノルウェイの森』

（一九八七年）は国内で累計一千三百万部が発行されていますし、ほとんどの長編はミリオンセラーになっています。ある雑誌の村上春樹特集号によれば、国内で発行されたものだけでも、村上春樹作品をすべて積み上げると高さは一七八〇キロメートルになり、国際宇宙ステーションを通り越してしまうそうです（『ＢＲＵＴＵＳ』二〇二一年十一月号）。

国内でも十分知名度の高い作家ですが、現在では海外での人気のほうがむしろ驚くべき規模になっています。詳細は本論に譲りますが、村上作品は英語圏だけでなく、アジア、ロシア、旧ソ連圏やヨーロッパでもベストセラーになっています。村上春樹以上に世界文学の名に値する作品を書く日本人作家は現存しないのですが、これほど海外で読まれ、文学的にも評価されているという事実は、国内の人々にそれほど知られていません。

英語で書かれたハルキ・ムラカミ研究論文は数えきれないほどあり、ムラカミ研究者や翻訳者が集う学会は世界中で開催されています。日本語や日本文化に関する授業を提供する大学は海外にも多数ありますが、学生に日本について学ぶ動機を与えているのは多くの場合、「ミヤザキ」か「ムラカミ」です。ジブリアニメか村上春樹のどちらか、または両方に強い関心があって、彼らは日本に興味を持つようになるのです。

このような日本人作家がいるという事実は「おおごと」です。いくら謙虚で自慢しないことが日本人の習慣であったとしても、この「おおごと」と向き合い、その意味を自分なりに考えてみることは、私たちにとって価値のあることではないでしょうか。

＊

村上作品は確かに、スムーズな理解を許さないところがあります。主人公がエレベーターで突然異次元の世界に送られたり、枯れた井戸の底に降りて引きこもったり、巨大な蛙がしゃべったりします。驚くようなストーリー展開と思わせぶりな比喩の頻出に、ついていけないと感じて通読を断念した読者もいるでしょう。しかし丁寧に読んでいくと見えてくるのは、村上春樹はデビュー以来一貫して同じテーマを扱っているということです。

それは、「自由を生きる」ということです。自由をテーマにした文学と言うといくぶん平凡に聞こえるかもしれませんが、村上春樹は、「権力に抵抗しろ」「逃走して自由になれ」といって読者を煽《あお》るわけでも、「自由に生きるべきだ」と説教するわけでもありません。むしろ、世の中では少数派に属するタイプの人間を主人公として、自由に生きることの困難を描いているのです。

もちろん、だから人間に自由なんてないんだ、と開き直るような態度とは、村上は無縁です。皮肉な態度で世の中を眺めるような村上作品の登場人物を思い浮かべた方もいるかもしれませんが、そこで自由の追求が断念されているわけではない。村上は、様々な人間の様々な側面を描くことによって、彼らの何が不自由なのか、何に気づけば彼らはその不自由を克服できるのかを、読者自身が考えるための俯瞰的な視座を提供しているのです。こうした観点から、村上作品の勘所と、読み方のコツを伝えることが本書の目的です。

＊

自由についての理解がなぜ重要なのかといえば、それは、日本に生きる私たちの多くが、自らの自由を疑っていないからです。それは無理もないことで、世界を見渡せば確かに日本は恵まれています。独裁政権ではないし、発達した科学技術のおかげで便利だし、衣食住など物質的な面での豊かさもあるし、望めば様々な教育も受けられる。そのような環境では、自分は不自由を被っているかもしれない、などと立ち止まって考える機会はなかなか訪れないでしょう。あわただしい日常のうちに年月は過ぎていきます。

しかし晩年に及んで、人はふと思うかもしれません。「もう少し人生を楽しんでもよかったのではないか？」「もう少し冒険してみてもよかったのではないか？」と。そういえばさほど楽しめなかった、もっと冒険してみたかった、と感じるなら、それは自らの思考を妨げる何かが、存在していたせいかもしれない。そして人は思うでしょう。「どうしてもっと早く気づかなかったのか」と。知らないことを知らない、または知ろうとしないままでいると、人生に要らぬ苦労を引き込みかねません。村上文学は、私たちが自由に生きられるはずなのにそうしていないことに、様々な角度から気づかせるのです。

*

私は東京女子大学の英文学科を卒業後、文学の勉強を続けるためにオーストラリアの大学院に留学しました。そこでの研究生活で私に求められたのは、「科学的根拠」から思考を出発させる習慣を徹底する、ということでした。科学的根拠は「客観的事実」とも言い換えられます。そして、「論理的整合性」。これらを根本的な原理として論文を書かないかぎり、どんなに独創的だと思われるアイデアでも、査読では「非学問的」と評価されて、はじかれてしまいます。私もそのルールに則って学問的に、研究として、村上春樹について書きたいことを思う存分に博士論文に書いて学位を取り、日本へ帰って来ました。論文で主張したことは、本書中ではたとえば第四章に、いくらか生かされています。

村上春樹研究で一定程度の達成感を得る一方で、私は、文学の「大切な部分」に迫るには別のやり方があるのではないかと、うすうす感じていました。こうした「研究」のスタイルでは捉えられない文学の「真実」がある気がしたのです。一般的に言って、研究は科学的根拠を絶対視して、より多くのデータを集め、統計をとって、そこから見えてくる傾向を真実と捉えます。その方法でなければたどり着けない真実もあるでしょう。しかしその方法ではたどり着けない真実もあるのです。

そもそも文学研究の道へ進んだきっかけは、文学が見せてくれる世界に「リアルな答え」を発見したと感じたからでした。自分とは何者か、人生とは何か、なぜ人は苦しむのか、という思春期以降の疑問に対する答えが、百年以上前に書かれたり、遠く離れた国で書かれたりした文学の中にあると気づいたからです。日本での学生時代には、定番の夏目漱石、芥川龍之介、太宰治から、ヘミングウェイ、フィッツジェラルド、サリンジャー、カポーティまでむさぼるように読みました。その中で村上春樹にも出会います。

文学の登場人物の多くは、時代も社会も性別も文化も言語も身分も、読者の自分とは異なります。にもかかわらず、彼らに共感を覚えるとき、自分や人生についての疑問が解消されるという体験を繰り返してきました。他者の声にじっくり耳を傾けることで、他者が自分の鏡像のように現れてきて、それを見つめることで自己理解が深まる。そして自己理解が深まると、苦悩が軽減すると知りました。科学的研究は個々の声に耳を傾けることに必ずしも関心を向けませんが、文学は、苦しみ悩む人々に寄り添い、人生と向き合えるよう背中を押す作用をもっています。私は、研究として読むことで、そのような文学の「真実」から離れてしまうのではないか、「だとしたらそもそも文学に研究って必要なのだろうか？」とまで感じることがありました。

村上春樹は各国の大学で研究される世界的ベストセラー作家ですから、関連する書籍もたくさん刊行されています。村上春樹という人物の半生を詳細に紹介したものや、村上作品の表現技法を客観的に論じたものなど、様々な角度から村上やその文学についての本が書かれてきた一方で、「苦しみ悩む人々に寄り添い、人生と向き合えるよう背中を押す文学」としての村上文学の性格がどれほど探求されてきたかというと、まだまだ足りない。本書はこうした観点から、村上春樹とその文学を見直していきます。

＊

文学は、特定の人物をじっくり観察し、その声を詳細に語ります。その手法を通してでなければ伝えられない真実があるからです。村上春樹も、個々の人間の声にじっくり耳を傾けます。その姿勢は、彼がオウム真理教について調べたときに現れました。
村上は一九九五年の地下鉄サリン事件をきっかけに一連のオウム事件に強い関心を抱きます。裁判を傍聴し、サリン事件の被害者六十二人と、事件当時は教団に所属していた八人の元信者にインタビューを行い、『アンダーグラウンド』(一九九七年)と『約束された場所で』(一九九八年)という作品に収めました。村上がサリン事件の被害者にインタビューすると決めたのは、教団の首領・麻原彰晃や実行犯たちに関する洪水のような報道の中で、「被害者」たちがひと括りにされ、彼らの個々の声が拾われていないことに気づいたからでした。その理由をこう言っています。

そこにいる生身の人間を「顔のない多くの被害者の一人(ワン・オブ・ゼム)」で終わらせたくなかったからだ。
(『アンダーグラウンド』27—28頁)

そして村上は、事件当日の彼らの体験談のみを記録しようとはしませんでした。取材にあたり、彼らについてその個々人の背景からまず知ろうとしたと言います。

僕はもちろん事件に興味があったから、この取材を始めたわけなんですが、でも本当に興味があったのは人間なんです。〔中略〕どこで生まれて、どんな家庭で育って、どんな子供で、学校で何をして、いつ結婚して、子供が何人いて、何が趣味で、会社はどんなで……そんなことを延々話していました。（『約束された場所で』271頁）

ニュースは、実行犯がいかに恐ろしい人間たちで、この事件がいかに残虐なものなのかを報道しはじめ、そのために必要な情報を集めるようになります。しかし村上が関心を向けたのは、個々の人間の語る物語でした。そこに大切なものが含まれていると信じたからであり、それを聞いた結果、村上は相手を好きになっていったと言います。

僕がこの仕事から得たいちばん貴重な体験は、話を聞いている相手の人を素直に好きになれるということだったんじゃないかと思います。（同278頁）

これは小説を読む体験に似ています。小説を読んで読者は、自分とは何の関係もない登場人物に感情移入したり、共感したりします。そして多くの場合、読者は主人公を好きになり、彼らに寄り添いたくなったり、その人生を応援したくなったりします。しかし、報道の中で「多くの被害者の一人（ワン・オブ・ゼム）」として扱われる人々に、視聴者が共感を抱くことはまずありません。〈その人も自分と同じように悩んだり人を愛したりする生身の人間である〉という当たり前の事実を忘れ、自分とは無関係な誰かとして眺めるにとどまってしまうのです。〈我が事〉として真剣に向き合おうという意欲はわいてきません。

　村上は彼らの物語をじっくり聞くことで、ファクト（事実）よりも、真実が知りたくなったと言います。

> 僕はこの本を書いている途中から、事実そのものをあばいていくことにはあまり興味が持てなくなったんです。それよりはその人たちの立場に身を置いてものを見て考えていくことのほうに興味が移りました。（同280頁）

> 僕はあくまで断りつきでですが、ファクトよりは真実を取りたいですね。世界というのはそれぞれの目に映ったもののことではないかと。そういうものをたくさん集めて、

総合していくことによって見えてくる事実もあるのではないかと。（同282頁）

客観的な事実より、「それぞれの目に映ったもの」という「真実」に価値を置く。これが村上春樹という小説家の態度です。この態度が滲《にじ》み出る彼の作品にこそ世界中の読者が魅力を覚えているとみるのが、本書の基本的な立場です。

＊

村上は「それぞれの目に映ったもの」、そして個々の語りが持つ力を信じます。ここに、村上の考える「自由」との関わりがあります。本論で様々な角度から見ていきますが、核心を先取りして言えば、人は自らの持つ固有の物語に価値があると信じるとき、それを自らの「力」とします。その力は、自由を生きるうえで、欠かすことのできないものです。

これと対照的なのが、自由を自らの外に求める態度です。村上のインタビューによれば、オウム真理教の信者たちは、自由を得ようとして、絶対的な教祖に帰依することを選んでいました。絶対的なものへの帰依は、自由の放棄にほかなりません。こうして彼らは主体性を奪われ、反社会的な価値を信じる世界へ導かれていくことになります。

現代を生きる私たちは、これを過去の話として片づけるわけにはいきません。オウム事件のころ情報化社会と呼ばれていた世の中は、その後のインターネットとSNS（ソーシャル・ネットワーキング・サービス）の普及によって今や情報過多社会とも呼ぶべき状態に移行しています。物語はいくらでも外から与えられます。内なる物語を信じるというような、時間と労力を要することは、もはや容易ではなくなっているのです。

＊

本論では、村上春樹の主要な作品を取り上げ、また、エッセイやインタビューから広く手がかりを集めて、村上の文学を自由というテーマで読み返していきます。一九七九年のデビュー以来、村上春樹が発信し続けてきた思想には、現代を生きる私たちであれば、誰もが共感してしまうものがあり、それを知れば村上文学の世界的な人気の理由にも納得したくなるでしょう。核となる部分には、「自由を生きる」という価値があるのです。

これまで村上作品を「読めなかった」方、そして「読みきれなかった」「消化不良だった」方は、ぜひ本書をめくってみてください。村上春樹という巨大な存在をめぐって、きっと靄《もや》の晴れるような思いをしていただけるはずです。

読めない人のための村上春樹入門　目次

・引用する村上春樹作品については、入手しやすさを考慮して、文庫版が刊行されている場合は本書刊行時点で最新の文庫版から引用しています。
・本文中で作品名を挙げる場合は、作品名の初出時に、その単行本の初版刊行年を併記しました。
・文献の情報については巻末の「引用文献」ページをご参照ください。

第一章　村上春樹の読まれ方——批評的読解と世界的共感

1　世界的ベストセラー作家ハルキ・ムラカミ

日本人の知らない世界的現象

村上春樹は現代日本人作家の中で間違いなく、無視することのできない人気作家です。国内での人気は周知の事実ですが、海外での人気はさらに驚くべきものです。これまで五十カ国語を超える言語に翻訳され、海外でもベストセラーを記録しています。新作が出ることが発表されると、その翻訳権を巡ってオークションが行われる国もあり、そこでは版権を得ればテレビのニュースに取り上げられるほど、出版社が獲得にしのぎを削ります。

国際線の空港の書店には必ずと言っていいほど村上春樹作品の英語版が並んでいます。最近では、日本人としてノーベル文学賞を受賞した川端康成や大江健三郎よりハルキ・ムラカミの名前の方が海外の読者に知られています。フランツ・カフカ賞やエルサレム賞やカタルーニャ国際賞など世界的に有名な文学賞の数々を受賞し、プリンストン大学やハワイ大学をはじめ複数の有名大学より名誉博士号も授与されています。

ハルキ・ムラカミの人気は英語圏だけではありません。それまで現代日本人作家の作品が紹介されたことのない国でも村上文学はベストセラーを記録しています。『ノルウェイの森』は中国で百万部を売り上げ、フランスでは『海辺のカフカ』(二〇〇二年)が二十万部を超えました。

ロシアや旧ソ連圏の国での人気も絶大で、『色彩を持たない多崎つくると、彼の巡礼の年』(二〇一三年)のポーランド語訳が発売された時には、ワルシャワ駅を含む主要都市の駅に専用の自動販売機が設置され、新作を待ち望む読者たちが長蛇の列をなしたと報道されました。

村上作品は翻訳だけでなく、映像化も多数されています。『ノルウェイの森』が世界的に評価の高い、ベトナム出身でフランス育ちのトラン・アン・ユン監督によって映画化されたのは有名ですが、他にも短編小説の「パン屋再襲撃」(一九八五年発表)はドイツでオペラ劇として上映され、フランスでは漫画化もされています。最近では短編「納屋を焼く」(一九八三年発表)が韓国映画の巨匠と言われるイ・チャンドン監督によって『バーニング劇場版』(二〇一八年)として映画化されました。

アメリカの人気雑誌『ニューヨーカー』では一九九〇年に短編「TVピープル」(一九八九年発表)の英訳が掲載されて以来、三十本以上の作品が掲載されています。そして

「ニューヨーク・タイムズ」紙では一九八九年に『羊をめぐる冒険』（一九八二年）の英訳の書評が紹介されて以降、新作が発表されるたびに書評が書かれています。

いまや村上春樹という作家は、海の向こうからやってきた新しい人ではなく、アメリカの文壇の一員として取り扱われている。

（国際交流基金企画　柴田・沼野・藤井・四方田編『世界は村上春樹をどう読むか』5頁）

これは村上春樹とも交流の深い翻訳家の柴田元幸氏が二〇〇六年に十七カ国の翻訳家・作家・出版者が集まって開かれたシンポジウム「世界は村上春樹をどう読むか」（東京・神戸・札幌で開催）で発した言葉ですが、どれほど村上春樹がアメリカの読者に馴染んでいるかを示す表現でしょう。

筆者もオーストラリアで驚くほどたくさんのハルキ・ムラカミ読者に出会い、大学の内外で、村上文学について熱心に語り合える友人を得ました。ところが日本に帰国してみると、「本国」日本での、村上春樹に対する熱の低さに驚かされることになります。

日本での村上文学への無関心

村上春樹は第一作目で群像新人賞を受賞するという華々しいデビューを飾るのですが、既存の日本文学とは違った新しい作風であったため、作品の多くは批判的な意見に晒《さら》されてきました。いわく、翻訳調でカタカナが多すぎるから日本語らしくない。アメリカ文学の猿真似だ。不可解なお花畑ファンタジー小説だ。受動的な女性や主人公に都合良く働く女性、フェミニストに対して批判的な意見を語る人物などが頻繁に登場するのは、作家の女性蔑視の表れだ。三島や大江のように社会的・歴史的問題について正面から描かない村上作品は文学としての価値が低い——などの意見です。

出る杭が打たれるのは世の常ですが、村上春樹の本が売れれば売れるほど、村上文学の価値に疑問を呈す声は増えていきます。まるで読む価値のないことを必死に証明することを目的にしているような論評も登場します。国内には、東野圭吾や伊坂幸太郎や湊かなえのようなベストセラー作家も多数活躍していますが、彼らの売上部数が上がっても村上に対する批判のような感情的なものはあまり見当たりません。村上春樹に対しては、感情的にその価値を批判したくなる。それが村上春樹に独特な現象であることは興味深いところです。

比較的最近の例では、長編作品『騎士団長殺し』(二〇一七年)で南京大虐殺について触れた際に、犠牲者の数を、中国側が主張する三十万人よりさらに多い「四十万人」と主人公が発言したことを多数のニュースメディアが取り上げ、保守系メディアや保守系言論人からは批判が殺到しました。『騎士団長殺し』は南京大虐殺をメインに描いた作品ではなく、主人公が会話内で一度触れただけですが、五十カ国語以上に翻訳されている世界的ベストセラー作家の作品であるからこそ、政治への影響力を懸念された結果といえます。

二〇一五年に発表したエッセイ集で、三十五年前のデビュー当時を振り返り、村上はこう言っています。

ある高名な批評家からは「結婚詐欺」呼ばわりされたこともあります。たぶん「内容もないくせに、読者を適当にだまくらかしている」ということなのでしょう。

(『職業としての小説家』103頁)

村上は普段から批評家の論評などを読むことはないと発言していますが、それでも日本の文芸界における風当たりの強さには閉口していたようです。

日本の文芸界からの冷ややかな声はどれも、村上文学がそれまでの日本文学の型からずれているにもかかわらず世界的評価が高いことへの戸惑いの表れではないかと推測できます。また世界的なベストセラー作家であるにもかかわらず、日本を代表する作家としてふさわしい（と彼らが信じる）態度を作品で示さないことへの憤《いきどお》りの表れとも考えられます。

村上は自分の作品に対する批判の多さについて、次のようにも話します。

> 同時代日本文学関係者（作家・批評家・編集者など）の感じていたフラストレーションの発散のようなものではなかったのかという気がします。いわゆるメインストリーム（主流派純文学）が存在感や影響力を急速に失ってきたことに対する「文芸業界」内での不満・鬱屈です。〔中略〕彼らの多くは僕の書いているものを、あるいは僕という存在そのものを、「本来あるべき状況を損ない、破壊した元凶のひとつ」として、白血球がウィルスを攻撃するみたいに排除しようとしていたのではないか——そういう気がします。僕自身は「僕ごときに損なわれるものなら、損なわれる方にむしろ問題があるだろう」と考えていましたが。
>
> （同309—310頁、強調原文）

当時もし僕が池で溺《おぼ》れかけていたおばあさんを、池に飛び込んで助けたとしても、たぶんだいたい悪く言われただろうと——半ば冗談で半ば本気で——思います。「見え透いた売名行為だ」とか「おばあさんはきっと泳げたはずだ」とか。（同103—104頁）

村上に対する批判がどれほど強かったのかが窺える発言です。しかし重要なのは、村上作品の価値を疑う批評家よりずっと多くの一般読者が村上の小説に惹かれ、読み続けているという事実です。そして海外でも異例のベストセラーを記録している、つまり国境を越えて作品が共感されているという事実です。

読者は正直です。読みたいから読むのです。詳細は後述しますが、村上春樹が世界的に読者を獲得する主な理由は、彼らが村上文学の中の何かに「共感」するためです。しかし彼らが共感する対象は、女性を蔑視したり、歴史を否定したりする作者の態度ではないのです。

共感とは嗜好を超えたところにあります。物語の展開の面白さやファンタジーものへの関心の高さは嗜好にかかわるものですが、それだけで日本人の作品が海を越えてブームを起こすとは考えにくいでしょう。それより作品全体が伝えるある種の思想への共感が、文化的な壁を取り払い、村上の物語を求める読者を増やしていると捉える方が説得力があります。また、村上春樹の影響力を危険視する論者もいますが、村上を読んで、女性蔑視的な行動に走ろうと決める人や歴史を否認しようとする読者が増えるとも想像しがたい。

次章で詳しく述べますが、世界の読者たちが共感するのは、村上の主人公たちの自由を失なわずに現代を生きるあり方です。またそのあり方への憧れが、国境を越えた村上春樹ブームの要因となっていると考えられます。

2 人気の理由は「共感」

「ゲイシャ」でも「サムライ」でもなく「ムラカミ」

村上春樹の世界的な人気に関して興味深いのは、村上作品は「日本人作家」としてというよりは、「ひとりの作家」として読まれているということです。これまでも日本の小説は多数翻訳されてきました。川端康成、谷崎潤一郎、三島由紀夫は英語圏では「ビッグ・スリー」と呼ばれ、代表的日本人作家として英訳本が発行されています。しかし彼らの作品は伝統的な日本文学として紹介されることが多く、「サムライ」や「ゲイシャ」などのキーワードに惹かれる読者が好んで読むという傾向がありました。
前述したシンポジウム「世界は村上春樹をどう読むか」に参加した、ロシア・ポーランド文学専門の沼野充義《みつよし》氏は言います。

三島や川端だと、完全に別の世界で、そこに自己投影できない。でも、村上春樹の主人公の心理・行動にならら、ロシアの若い読者は自分のことのように共感できる。
(『世界は村上春樹をどう読むか』6頁)

自己投影できない作品への関心には限度があるでしょう。しかし共感を呼び起こす作品は何度でも読み返したくなるものです。日本の一作家がこれほど世界的な評価を得ている背景には、その作品が多くの読者に共感を与える力を持っているということがあると言えるでしょう。そして、この傾向はもちろんロシアの読者に限ったことではありません。またその世界的な人気を考えると、村上文学が与える共感の種類は、文化的固有性の壁を越える類のものであることが推測されます。文化的背景、宗教的背景、思想的背景も関係なく共感させるとしたら、それは、人間の普遍的な側面を扱っているためでしょう。

共感とは、対象と自分を重ね合わせることで生まれる感情です。たとえ人種、年齢、性別、社会的地位が異なる作中の人物であっても、その生活や人生を追体験する中で、読者は他者の物語の中に自分自身の姿を見出すことがあります。人々が物語に共感を求めるのは、そこに自分自身を理解するための手がかりがあると感じるからです。共感を通じて、自分と他者とのつながりを再発見し、人生をより深く考える機会が生まれるのです。

自分自身について知ることは、自由を手に入れるための大きな助けとなります。一方で、自分が何者であるかわからないとき、人は答えを外部に求めがちです。「あなたはこんな人だ」「このように生きるべきだ」と教えてくれる存在を探し、その言葉にすがろうとします。しかし、この行為はしばしば危険と隣り合わせです。

村上春樹は地下鉄サリン事件を取材する中で、自己理解や人生の意味を必死に追い求めていた若者たちが、オウム真理教に惹かれ、入信していたことを知りました。彼らは「自分についての真実」を知ることで自由を得たいと願いながらも、実際には思想の自由を奪う宗教団体に依存してしまったのです。この事実は、自由を獲得し、それを実践することの難しさを如実に伝えています。同時に、多くの人が「自由」というものの本質を十分に理解していないという現実も浮き彫りにしています。

不安定な社会でブームになる

村上春樹文学の特徴として、初期作品から一貫して描かれる「主体的に生きる主人公たち」の存在が挙げられます。村上作品の主人公たちは、企業勤めを避け、自由を制限する組織や「父親的」な権威から距離を置いて生活しています。彼らは群れることを嫌い、交流する友人の数を最小限に抑えながら、ひとりの時間を大切にします。他人に選択を委ねず、自分の意志を尊重し、外部の価値観に左右されることなく、自らの判断を信じて行動します。

こうした主人公たちは、村上作品に批判的な読者から「現実逃避的」と見られることもあり、若者の無責任な生き方を助長している、と非難されることさえあります。しかし、実はこの「主体性の実践」こそが、現代の高度資本主義社会やグローバル化した社会において、最も困難な行動の一つです。だからこそ、多くの読者はそのような主人公たちに憧れや尊敬の念を抱くのです。

主体性を実践することが難しい理由は、個々人というより、信じられてきた価値観や基盤が崩壊しつつある社会の方にあります。不確実な時代において、自分の意志を持って主体的に生きることは、多くの人にとって理想でありながら困難な課題なのです。

村上春樹が注目されていく一九八〇年代は、バブル景気によって大量消費社会が加速し、物質的豊かさと生活の質の向上という「幸福」を誰もが実感する時代でした。しかし、生きることに必死だった戦前世代が求めた「幸福」は、戦後世代に葛藤を与える原因でもありました。市場の自由競争は経済的利益の最大化を目指し、競争に勝つことが人生の成功とされました。その結果、学校や職場は緊張と不安に満ち、精神的健康を損なう人々が増加します。受験戦争に疲れた子どもたちは精神的不調を訴え始め、引きこもりや不登校が社会問題化しました。

村上は一九八六年から三年間(三十七歳から四十歳の間)、イタリアとギリシャを旅しながら執筆活動を続けましたが、久しぶりに帰国した日本の変わりように「思わず立ちすくんでしまった」と、旅行の記録を綴った『遠い太鼓』(一九九〇年)で書いています。「社会における消費のスピードが信じられないくらいドラスティックに加速された」光景を見て「唖然《あぜん》としてしまった」と。

それは僕には巨大な収奪機械を想起させた。生命あるもの・ないもの、名前を持つもの・持たぬもの、かたちのあるもの・ないもの――そういうすべての物事や事象をかたはしから飲み込み、無差別に咀嚼《そしゃく》し、排泄《はいせつ》物として吐き出していく巨大な吸収装置だ。それを支えているのはビッグブラザーとしてのマス・メディアだ。まわりを見回して目につくものは、咀嚼され終えたものの悲惨な残骸であり、今まさに咀嚼されようとするものの嬌声《きょうせい》であった。

（『遠い太鼓』559―560頁）

バブル景気の全盛期に日本を離れていた村上は、帰国後、日本社会の劇的な変化に対する危機感をより強くもつことになりました。消費社会という「巨大な収奪機械」とそれを支えるビッグ・ブラザー（ジョージ・オーウェル『一九八四』に登場する独裁者）のようなマス・メディアに対する不信感は村上春樹の作品に一貫して描かれるテーマです。

村上は消費社会や競争社会、マス・メディアから意図的に距離を置き、冷静にそれらを観察する主人公たちを描きます。社会の流れに流されずに生きるのは難しく、その中で主体的に生き方を選ぶ主人公たちに、読者は憧れを抱くのです。

同様の傾向は海外の需要に関しても見られます。村上文学の海外での需要を調べると、大きな政治的・社会的変化を経た後の不安定な社会で村上春樹ブームが起こっているという共通点が見られます。シンポジウム「世界は村上春樹をどう読むか」に参加したロシア語翻訳者であるドミトリー・コヴァレーニン氏によると、ロシアではソ連崩壊後の九〇年代後半に起こった経済危機により自殺率が急上昇し、同時期に村上ブームが起こったそうです。二〇〇〇年代には村上作品の翻訳本はロシア語によるものが一番多く、村上春樹がロシア語で初めて読まれた現代日本作家であったそうです。

韓国語の翻訳者の金春美氏によると、日本の出版物に対する抵抗感が根強く残る韓国では、村上春樹文学によって日本文学の受け入れが進み始めましたが、ブームを支えたのは、一九八〇年代の学生運動の主役として軍事政権を倒した世代でした。しかし成功したと思われた民主化運動は表面的なものでしかなく、その後も学生運動世代は挫折感や虚無感に苦しみます。この生きにくさを当時の若者が村上文学の中に見出したことが、ブームのきっかけとなりました。そして韓国の現代の若者たちも、人々が抱き続ける喪失感や虚無感を村上春樹が代弁してくれていると感じているそうです。

ポーランド語翻訳者のアンナ・ジェリンスカ=エリオット氏は、ソ連崩壊後のポーランドで村上ブームが起こった背景として、資本主義の浸透による消費社会と競争社会のなかで、人々の絆が薄くなり、生きる目的や生きがいがわからなくなっている現代人が村上文学に共感しているためだと話しています。

いずれも社会の大きな波に流される不安に晒されるとき、読者は村上文学を通して生きる指針を探そうとしていると考えられます。

「グローバルである必要なんてない」

ロシアや東欧地域で自身の小説が読まれる理由について、村上は次のように推測します。

物語というのはもともと現実のメタファーとして存在するものですし、人々は変動する周囲の現実のシステムに追いつくために、あるいはそこから振り落とされないために、自らの内なる場所に据えるべき新たな物語＝新たなメタファー・システムを必要とします。その二つのシステム（現実社会のシステムとメタファー・システム）をうまく連結させることによって、言い換えるなら主観世界と客観世界を行き来させ、相互的にアジャストさせることによって、人々は不確かな現実をなんとか受容し、正気を保っていくことができるのです。僕の小説が提供する物語のリアリティーは、そういうアジャストメントの歯車として、たまたまグローバルにうまく機能したのではないか――そんな気がしないでもありません。

（『職業としての小説家』315―316頁）

やや難しい説明ですが、次のように言い換えられるでしょう。共産主義体制の崩壊によって社会や人々の精神的地盤が大きく揺らいだ地域で、彼らは小説という虚構の世界で起きている「現実」に慣れることで、目の前の現実を受け入れるための準備ができた。そのために村上の小説が機能したということです。

ここに、虚構を描く小説の役割があります。虚構とは「嘘」の世界、つまり「まがいもの」というのではなく、現実の比喩的な言い換えです。社会の大きな変化によって目の前の現実に馴染めないとき、文脈を変えて表現される虚構の世界が、自分の住む世界の鏡像の役割を果たすことがあります。その鏡像によって、自分が置かれた世界を少し離れた位置から観察することができます。主観的に見る時には気づかなかった現実の姿に気づくようになるのです。ロシアや東欧地域（また民主化運動後のアジア圏も）の人々はこのように村上の小説を通して、目の前に展開する見慣れない世界を俯瞰する視点を獲得し、そこに自分を馴染ませる準備運動の機会を得たといえます。

また、村上は世界的に読まれる作家として、「西洋と東洋をまたぐ稀有な作家」という枠で語られることが多いのですが、この点に関して村上は次のように話します。

グローバルという言葉は、僕にはあまりぴんとこない。なぜなら我々はとくにグローバルである必要なんてないからです。我々は既に同質性を持っているし、物語というチャンネルを通せば、それでもうじゅうぶんであるような気がするんです。

（『夢を見るために毎朝僕は目覚めるのです』197頁）

村上作品の世界的人気の理由について批評家や研究者が議論するとき、共通して挙げられる要因は、村上作品に日本的アイコンが少なく、マクドナルドのハンバーガーやビールやドーナツなど世界中の都市生活者にとって馴染みのある文化的記号が頻出するということです。一方で、村上は文化的アイコンの有無ではなく、人間には普遍的同質性があり、それが物語への共感を通して映し出されると考えます。

例えば、価値観の揺らぐ不安定な社会で、多くの人は不安や恐怖を感じます。「軸」の不確かな社会で、自分の立ち位置がわからず、不安と孤独から抜け出したいと感じます。そしてそのために、誰かに助けを求める人間に共感したり、不安と孤独を引き受け、信念を貫いて生きる人間に尊敬の念を抱いたりします。

このような人間の反応は普遍的と言ってよいものです。その普遍的性質を描くからこそ、村上の物語は文化的な壁を越えて、海の向こう側の読者の心をも揺さぶるのです。これこそ文学の役割といえます。村上春樹の作品が文学として機能してきたからこそ世界の読者を獲得していると考えると、村上文学が「純文学」ではないと揶揄されてきた理由が、物語に対する評価ではなく、歴史や社会問題への言及や文化的記号の使用など物語以外の部分に対する評価ゆえであったことがわかります。

3　自由を求めて読む世界の人々

自由を求める村上

冷戦中、西側世界の人々は共産主義という「悪」との戦いを信じていましたが、冷戦の終焉とともに加速する消費社会化と競争社会化によって、信じていた正義が思い描いたものと違うことに気づき始めます。東側世界の人々もまた、権力から勝ち取ったと思われた自由が、消費社会と競争社会によって新たな束縛を受ける可能性に気づきます。地球全体が同一の価値観を共有していくなかで、自らの価値判断を信じて主体的に生きる村上の主人公たちの在り方は簡単に真似できるものではありません。しかし、それがわかっているからこそ、読者は主人公たちに憧れを抱きます。

ドイツの社会心理学者であるエーリッヒ・フロムによると、封建社会が崩れたとき、人々は生まれた時から固定された社会的秩序の中で生きる人生から解放されて「自由」になったはずでした。しかし、同時に、決められた役割を果たすことによってそれまで与えられていた帰属感や安心感を失ったといいます（『自由からの逃走』原著一九四一年）。さらに彼らは、資本主義の競争社会に投げ込まれることで不安と孤独に苦しむようになります。つまり、自由とは不安と孤独と切り離せないものになったのです。

日本も幕末以降の近代化によって同じ道を辿り現在に至ります。自由とは、日本においても不安と孤独を引き受けなければ与えられません。

この不自由さを村上の登場人物は次のように代弁しています。

「世の中のほとんどの人は自由なんて求めてはいないんだ。求めていると思いこんでいるだけだ。すべては幻想だ。もしほんとうに自由を与えられたりしたら、たいていの人間は困り果ててしまうよ。覚えておくといい。人々はじっさいには不自由が好きなんだ」

（『海辺のカフカ』下巻190頁）

ソ連の崩壊や民主化運動を通して外に向かう自由を獲得した国の人々が、獲得したはずの自由に慰めを見出せないのは、こうした事情によるものでしょう。固定された社会的秩序からの解放は、固定されていない不安定な自分を引き受けるという、新たな苦しみを生じさせたからです。

村上作品の主人公たちは、自分のルールを尊重し、個であり続けようとする潔さがあります。それは固定されていない自分を引き受ける潔さです。固定されていない不安定な自分を引き受けなければならない不自由な世界で、自由でいることを諦めない意志の強さの表れでもあります。そんな主人公たちの姿に、読者たちは憧れを感じるのでしょう。

選んでいるのか選ばされているのか

自由に生きるには、何が私たちを不自由にするのかに意識的でなければなりません。しかし、社会には自由を装った「まがいもの」が存在します。村上作品では、そんなまがいものに気づかせる視点が数多く示されます。特に消費社会において、私たちのモノへの欲望がどのように作られ、操作されているかについて、村上の登場人物たちは随所で鋭い発言をします。

『ダンス・ダンス・ダンス』（一九八八年）は経済的豊かさに浮かれる八〇年代の日本が舞台ですが、資本と情報に支配された社会を批判する登場人物が印象的です。フリーランス作家の「僕」はグルメ雑誌の依頼を受け、記事を書くために一日何軒ものレストランを回っては、注文した料理のほとんどを残して次の店に行くという日々を送ります。「僕」は、自分の仕事における無駄と、情報に支配される人々を揶揄して次のように言います。

ここに行きなさい。こういうものを食べなさい。でもどうしてわざわざそんなことしなくちゃいけないんだろう？　みんな勝手に自分の好きなものを食べていればいいじゃないか。そうだろう？　どうして他人に食い物屋のことまでいちいち教えてもらわなくちゃならないんだ？　どうしてメニューの選び方まで教えてもらわなくちゃならないんだ？　そしてね、そういうところで紹介される店って、有名になるに従って味もサービスもどんどん落ちていくんだ。十中八、九はね。需要と供給のバランスが崩れるからだよ。〔中略〕それを人々は情報と呼ぶ。生活空間の隅から隅まで隙を残さずに底網ですくっていくことを情報の洗練化と呼ぶ。

（『ダンス・ダンス・ダンス』上巻240頁）

情報が「洗練化」された社会では、人々の需要は意図的に作られます。「おすすめ」情報に従って必要なものを選び、「価値あるもの」に触れている自分を感じて彼らは満足します。同作品に登場する「僕」の友人である人気俳優の五反田くんもこの仕組みに意識的です。五反田くんは言います。

必要というものはそういう風にして人為的に作り出されるということだ。自然に生まれるものではない。でっちあげられるんだ。誰も必要としていないものが、必要なものとしての幻想を与えられるんだ。簡単だよ。情報をどんどん作っていきゃあいいんだ。住むんなら港区です、車ならＢＭＷです、時計はロレックスです、ってね。

（同下巻194―195頁、強調原文）

しかし多くの場合、消費者である私たちは、これらの必要性が故意に「作られた」ものであることを意識しません。差し出された選択肢から選ばされている、つまり自ら選んでいるとは言いがたいことに気づきません。

『1Q84』（二〇〇九―二〇一〇年）の女主人公青豆は高級レストランでメニューを見ながら次のように言います。

「でもね、メニューにせよ男にせよ、ほかの何にせよ、私たちは自分で選んでいるような気になっているけど、実は何も選んでいないのかもしれない。それは最初からあらかじめ決まっていることで、ただ選んでいるふりをしているだけかもしれない。自由意志なんて、ただの思い込みかもしれない。ときどきそう思うよ」

（『1Q84』BOOK1後編95頁、強調原文）

現代社会では選ぶ自由より、選ばされている不自由の方が大きいのかもしれません。

村上文学と自由への渇望

消費社会で強制される不自由に意識的でなければ、本当に自由にはなれません。与えられる情報を鵜呑みにして社会にとって都合のよい消費者になるのではなく、自ら情報を取捨選択する意志を持って行動する必要があります。つまり、主体的に選ぶ個人になる覚悟が要るのです。

さらに現代は、村上春樹が認知され始めた一九八〇年代より情報化が遥かに進展した時代でもあります。スマートフォンという小さいコンピューターを握りしめて生きる私たちには、処理を迫られる情報が日々無数に届きます。

情報が多いということは、それだけ個人の判断に影響を与える要素が多いということです。自分に必要な情報のみを選択しようとしても、選択する自分への自信がなければ、隣の芝生が青く見え、何を選んでも「この選択は間違っているのではないか」「もっといいものがあるのではないか」と不安に駆られます。

現代社会で主体的に選ぶ個人になることは、政治的変革のために思想の軸が失われた社会で、生きるためのよりどころとして新しい「軸」を見つけ出すくらい難しいことです。村上が世界各国で読者を獲得するのは、消費社会と情報社会の拡大が自由の本質を忘れさせている可能性に気づく人が増えているせいかもしれません。

村上春樹の世界的人気の背景には、現代社会を生きる人々の自由への渇望があると考えられます。村上がどのような表現を通して社会への警鐘を鳴らし、また村上作品の主人公たちはどのようなあり方で自由の実践を示しているのか。これらの問いを次章以降で掘り下げていきます。

第二章　村上春樹が考える「自由」とは何か

――地下鉄サリン事件と「単純な物語」

1　日本で自由に生きることとは

「個でありたいと思うことのきつさ」

村上文学が、自由に生きることをどのように伝えているかを見ていく前に、本章では村上春樹自身がどのように自由を捉えているのかについて、村上のエッセイやインタビューを中心に考察したいと思います。

村上春樹は全共闘世代（団塊の世代）として、一九六〇年代の学生運動の盛り上がりを、早稲田大学の学生として見ていました。運動の参加者は、権力や体制からの自由を求めて闘いました。「拘束されていないことがなにより重要だった」と言う村上の言葉には、世代の影響も窺えるでしょう。しかし、村上にとって「拘束されていないこと」は、権力に縛られていない状態のみを意味しません。自由を制限するのは外部からの力だけでなく、内部からの力も含まれることに村上は気づいていました。

雑誌『考える人』に掲載されたロングインタビューで、村上は自身の初期作品について次のように語ります。

自由になりたい、個人になりたいという思いが僕には強くあり、物語のなかでも主人公が個人であること、自由であること、束縛されていないことがなにより重要だった。そのかわり社会的保障はない。大きな会社に勤めていたり、家庭を持っていたりするというのは、一種のセキュリティが働いているということです。そのころ僕が描いていた主人公たちには、そんな装置がほとんど働いていません。〔中略〕当時の日本は今よりもはるかに、そういうセキュリティに対する信頼が強かった。

（『考える人』二〇一〇年夏号67頁）

日本において自由であることとは、セキュリティを犠牲にすることを意味していたと村上は言います。つまりセキュリティを手放す不安を引き受けなければ自由は得られない社会が日本社会であるということです。

自由を意識するようになったきっかけとして、村上は若い頃の二つのエピソードを語ります。一つ目は、新聞で「一番価値を置く言葉は何か」というアンケート調査の記事を読んだときのことです。自分なら「自由」という言葉を選ぶと思った村上は、「自由」の順位が低かったことに驚いたと言います。二つ目は、高校時代のエピソードです。高校新聞を作っていた村上は、制服は廃止すべきかどうかを問うアンケートを実施したところ、圧倒的多数の生徒が、「制服はあったほうがいい」と答えたそうです。

若いときのその二つの体験から、日本人は自由なんてとくに求めていないと悟ったんです。そういう国のなかで自由でありたい、個でありたいと思うことのきつさを、僕は自分なりに、小説的に描きたかったんだと思う。（同68頁）

村上が気づいたことは、日本人がそれほど自由を求めていない、または自由が制限された生活に不愉快さを感じていないということでした。むしろ安心感のために、彼らは自分で自分の自由を制限していました。

日本において自由でいようとすること、つまり周囲の選択がどうであれ自分の意見を尊重して行動することは、「きつい」作業だと知っているからこそ、村上はあえてその「きつさ」を引き受ける主人公を描きます。村上作品を支持する読者は、自由の獲得に付随するこの「きつさ」を直感的に理解しているのでしょう。だからこそ、主人公たちにある種の憧れを抱くのだと考えられます。また、海外での受容も考えると、この「きつさ」は日本に限ったものではないことが推測できます。

「考えない自由」を選んだ若者たち

一九九五年三月、長期滞在していたアメリカで、村上春樹は東京の地下鉄にサリンが撒かれたニュースを知りました。戦後初のテロ事件とされた地下鉄サリン事件に危機感を持った村上は、教団と事件について調べ始め、実行犯の裁判にも熱心に傍聴するようになります。調査を通して、ここでも自由を求めない日本人の傾向に気づきます。

地下鉄サリン事件の実行犯の大半は当時三十代で、「六〇年代後半の学生反乱の時代のあとにやってきた「遅れてきた」世代」（『村上春樹　雑文集』247頁）であり、「「社会の経済的発展が、そのまま個人の幸福をもたらすものではない」ということを実感として悟った最初の世代」（同252頁）だったと村上は話します。

敗戦後の荒廃の中、復興とその後の高度経済成長に尽力した日本人には、生きる目的がはっきりしていました。自身が働かなければ食べられず、また家族にも食べさせられませんでした。そして経済が軌道に乗ると、努力すればその分の成果が返ってきました。

一方で、麻原彰晃の物語を求めて教団に入った若者たちは、すでに豊かになった社会で生まれた世代です。彼らには生活のためにしなければならないことはもう残っていませんでした。食糧も物品も十分すぎるほどあります。自分が必死に働かなくても誰かが働いてくれます。「しなければならない」ことのない「自由」な世界は、「しなくてもいい」ことで溢れていました。彼らの精神的飢餓感は、物質的豊かさだけで人間は幸せになれないことを裏付けていましたが、資本主義を支えるシステムは底なしに成長を続け、若者が求める生き方という指針を与えることができなくなっていました。

村上は、実行犯の世代を動かしたものは「社会自体の目的の喪失」（同251頁）だった、そして目的を喪失した社会で、彼らは他者と自分との間に差異を作り出すことでアイデンティティを確立しようとしたと言います。しかしアイデンティティのための差異作りは彼らを苦しめることになります。

それは結果的に、自らのアイデンティティーを確立するための建設的な差異であることをやめ、差異化することのみを目的とする「出口のない差異」へと変質していった。〔中略〕そのような競争のもたらすものは、多くの局面において、限りない閉塞感であ

り、目的の喪失がもたらすフラストレーションである。（同249頁）

村上は、オウム真理教に入信した若者たちが麻原の教義を無防備に受け入れた背景にこの息苦しさがあり、そこから逃れるために、麻原の誘い込みを受け入れたと言います。

「個別的差異なんて、そんな面倒なことをやっている必要はないんだ。こっちに来て言われたとおりにしなさい」と声をかけてきたとき、彼らは抵抗することができなかった。そのような誘い込みに立ち向かうだけの思想的支柱が存在しなかったのだ。（同250頁）

「言われたとおりにしなさい」。これは若者たちをアイデンティティ探しの疲れから解放するありがたい言葉でした。実際、地下鉄サリン事件当時に教団に所属していた（元）信者たちに村上がインタビューをした際、彼らは次のように話しました。

〈引用者補足：教団の中にいると〉疑問もないんです。どんな疑問にも全部答えがあるんですよ。〔中略〕どんな質問をしてもちゃんとすぐに答えが返ってきます。

（『約束された場所で』42頁）

こういうの楽だなあって思いました。自分で何も考えなくていいわけですからね。言われたことをそのままやっていればいい。自分の人生がどうのこうのなんて、いちいち考える必要がないんです。

（同216頁）

「考えない自由」を選ぶことで、若者たちはこの社会での生きにくさから解放されようとしていました。そしてこの「自由」に憧れたのは、麻原の信者たちだけではありませんでした。

村上は地下鉄サリン事件の被害者たちへのインタビューを『アンダーグラウンド』に収めますが、被害にあった三十代のサラリーマンの多くが、実行犯の大半が同世代だったことを知り、次のように村上に話したと言います。

「オウム真理教に惹かれた人たちの気持ちは、個人的にはわからないではないんです」

彼らの言葉に村上は考え込まされました。

（『村上春樹　雑文集』250頁）

「苦しくないわけはないだろう」

実行犯たちがサリンを撒いたのは、霞が関へ向かう地下鉄の車内でした。日本の行政中枢である霞が関に向かう地下鉄を狙う試みには、日本を根幹から混乱させるという象徴的意味が含まれていました。しかし、実際にサリンが撒かれた車内には、麻原が戦おうとした霞が関の高級官僚も大企業のエリートも乗っていませんでした。むしろ村上がインタビューした被害者の大半が大学教育を受けておらず、実行犯たちのような高学歴の人間ではなかったといいます。彼らは「システムの中でこつこつと日々まじめに働いているごく「普通の人々」だった」（『村上春樹　雑文集』247頁）のです。

村上は「普通の人々」を次のように説明します。

たとえ収入が二倍になったとしても、土地はそれを上回って高騰し、人々は職場の近くにまともな家を買うこともできなかった。彼らは遥か遠くの郊外に家を持ち、毎日一時間半から二時間かけて殺人的な満員電車に揺られて通勤し、ローンを返済するために残業をこなし、貴重な健康と時間をすり減らしていった。企業競争は過酷であり、有給休暇をとることもできなかった。夜遅くに帰宅すると子供たちはすでにベッドの中でぐっすり眠っていた。週末の休みは主に疲労をとるための休息にあてられた。

（同252―253頁）

インタビューをしたサラリーマンのひとりは、自嘲的に笑いながら、「誰かがわざわざサリンを撒くまでもなく、この電車で死人が出ないこと自体が不思議なくらいですよ」と話したといいます。別のサラリーマンは「それはまるで戦争なんです」「そして、それを我々は毎朝毎朝、週に五日、定年を迎えるまで三十年以上も続けなくちゃならないんです」と村上に語りました。彼に村上は問いかけます。

「苦しくありませんか？」と僕は尋ねた。

彼は顔をわずかに歪《ゆが》めた。苦しくないわけはないだろう、とその顔は語っていた。

でも彼はそれをあえて口には出さなかった。それを口に出すと、自分の中でおそらく何かが崩れてしまうからだ。そのかわり彼はこう言う、「いいですか、みんながそれをやっているんです。僕だけがやっているわけじゃない」

それが僕らの国だ。

（同253―254頁）

みんながやっているから、自分だけ苦しいと弱音を吐いてはいけない、その空気の支配に耐えて働いている人たち。そんな「普通の人々」がサリンの犠牲者となりました。「殺人的な満員電車に揺られて」「貴重な健康と時間をすり減らし」「有給休暇をとることもできず、子供との時間も限られ、家には寝るためだけに帰る生活。そこで強いられる痩せ我慢がよりよい未来を保証するものと確信できるのであれば、彼らには希望が与えられていたかもしれません。前世代がそうであったように。

しかし「社会の経済的発展が、そのまま個人の幸福をもたらすものではない」と知っている彼らにとって、日々の生活は「セキュリティ」という現状維持のためか、現状をさらに悪いものにしないための努力でしかありませんでした。そして「セキュリティ」に守られていると信じて働いていた真面目な人々がテロ事件の犠牲者になってしまったという事実は、そこにあると信じられていた「セキュリティ」が決して堅固なものではなかったことを露呈させたのでした。

一方で、オウム真理教に帰依した人々は、「みんなはそれをやっているかもしれないけれど、私はそれをしたくない」（同254頁、強調原文）と「普通の」生活を拒絶した人々でした。村上は「普通の」生活を拒否した人々が、オウム真理教のようなカルト宗教に逃げ場を求めることになってしまった理由を次のように語ります。

問題は、社会のメイン・システムに対して「ノー」と叫ぶ人々を受け入れることのできる活力のあるサブ・システムが、日本の社会に選択肢として存在しなかったことにある。（同254頁）

「メイン・システム」、つまり「セキュリティ」に頼って満員電車に揺られながら企業勤めをするという選択以外の生き方があまりに限られていたことが、オウム真理教の信者を増やし、結果テロ事件にまで発展してしまったと村上は考えます。村上は、高度成長期までは社会の枠組みというものがあり、「自然な治癒力みたいなものが社会にはあった」が、それは現在では「社会的混沌の中で揺らいで、衰弱して」いる。そのため「オウム真理教の事件は起こるべくして起こったというところもあると思う」(『夢を見るために毎朝僕は目覚めるのです』125―126頁)と話します。

このように見ていくと、村上が考える自由とは、思考や行動を制限する外部の何かから解放されている、または離れているという意味での自由の他に、自分が不自由であることに気づき、そこから距離を置くための行動ができるという自由も意味していると考えられます。

カルト信者のように精神的束縛を受ける人々は、束縛を受けているという実感が薄いものです。現実には不自由な状況にあることに気づいていないのです。不自由さに気づいていない人々には、「セキュリティ」を信じて戦場のような満員電車に揺られて定年まで働き続ける人々も含まれるかもしれません。

しかし、繰り返しますが、彼らがテロの犠牲者となってしまったという事実は、彼らの信じた「セキュリティ」が脆弱なものでしかなかったことを物語っています。そして「メイン・システム」を拒否して麻原という新たな「セキュリティ」を頼っていった若者たちにもまた、自由は保障されていませんでした。

「活力のあるサブ・システム」に欠ける日本で、村上自身は企業勤めという「メイン・システム」に頼りませんでした。学生時代からジャズバーを経営し、学生結婚をし、卒業後も店を続けました。小説家として生きていくと決めた後は、バーを畳み、執筆に専念します。日本で「メイン・システム」に頼らず生きる困難さを身をもって知っている村上だからこそ書ける物語を彼は書いています。そしてその物語に滲《にじ》み出る作者の生き方に、読者は惹かれるのでしょう。

2 自由を奪う「悪しき物語」と自由を与える「善き物語」

「卵」から見える世界を描く

地下鉄サリン事件直後、教団と教団が起こした事件についての報道でニュースの大部分が占められていた当時、村上は、麻原彰晃や実行犯に関する情報量が多いのに対して、被害者たちの個々の声が汲み取られていないことに疑問を感じます。そこで村上はまず事件で被害にあった人々を取材し、その声を発信しました。『アンダーグラウンド』の中で村上は次のように語ります。

インタビュイーの個人的な背景の取材に多くの時間と部分を割いたのは、「被害者」一人ひとりの顔だちの細部を少しでも明確にありありと浮かびあがらせたかったからだ。そこにいる生身の人間を「顔のない多くの被害者の一人（ワン・オブ・ゼム）」で終わらせたくなかったからだ。職業的作家だからということもあるかもしれないが、私は「総合的な概念的な」情報というものにはそれほど興味が持てない。一人ひとりの人間の具体的な――交換不可能（困難）な――あり方にしか興味が持てないのだ。（中略）だから限られた二時間くらいのあいだに、意識を集中して「この人はどういう人なのか」ということを深く具体的に理解しようとつとめたし、それを読者にそのままの形で伝えようと、文章化につとめた。

（『アンダーグラウンド』27―28頁）

マス・メディアは事件当時地下鉄にいた人々を「被害者」と一括りにして報道し、オウム真理教の「悪事」についての報道に多くの紙幅と時間を費やしました。実行犯ひとりひとりの出自や経歴を詳細に暴きました。それに対し、村上はまず「被害者」として名前を奪われた人々に個々の人間として光を当てることが小説家としての使命であると感じたのです。

一般マスコミの文脈が被害者達を「傷つけられたイノセントな一般市民」というイメージできっちりと固定してしまいたかったからだろう。〔中略〕被害者たちにリアルな顔がない方が、文脈の展開は楽になるわけだ。そして「(顔のない)健全な市民」対「顔のある悪党たち」という古典的な対比によって、絵はずいぶん作りやすくなる。

(同28頁)

私はできることならその固定された図式を外したいと思った。その朝、地下鉄に乗っていた一人ひとりの乗客にはちゃんと顔があり、生活があり、人生があり、家族があり、喜びがあり、トラブルがあり、ドラマがあり、矛盾やジレンマがあり、それらを総合したかたちでの物語があったはずなのだから。ないわけがないのだ。それはつまりあなたであり、また私でもあるのだから。

(同29頁)

事件の被害者が、報道のされ方によって、声を奪われるという二重の被害にあっていることに村上は気づきます。被害者の経験や被害状況が報道されるとしても、それらは事件の酷さと教団の罪を強調するという目的のために恣意的に選ばれたものであり、必ずしも被害者と呼ばれる人たちが伝えたいと望むものではありません。

この村上の姿勢は、二〇〇九年に受賞したエルサレム賞（イスラエルで最高の文学賞）での受賞スピーチ「壁と卵」にも表れています。イスラエルがガザへの攻撃を激しくし始めた当時、授賞式へ参加することは、政治的にイスラエル側を支持することと同義と捉えられる可能性がありました。村上は迷った末、授賞式に参加しました。そして参加した理由を、受賞スピーチで次のように話しました。

I chose to see for myself rather than not to see. I chose to speak to you rather than to say nothing.（何も見ないより自分の眼で見ることを選んだからです。黙っているより話すことを選んだからです。）

村上は自分の眼で見て、小説家としての意見を伝えることを決めました。そしてスピーチは核心部分に入ります。

Between a high, solid wall and an egg that breaks against it, I will always stand on the side of the egg.（高く頑丈な壁とそこに投げつけられて割れる卵があるなら、私はいつも卵の側に立ちます。）

スピーチのこの部分は多くのメディアで何度も引用され、それらの多くは「卵」（パレスチナ）を砕く「壁」（イスラエル）を批判したスピーチであると報道しました。しかしこの一文が含むメッセージはそれほど単純なものではありません。弱いもののいじめを糾弾するためだけのものではないのです。スピーチには続きがあります。

Yes, no matter how right the wall may be and how wrong the egg, I will stand with the egg. Someone else will have to decide what is right and what is wrong, perhaps time or history will reveal it. But if there was a novelist who, for whatever reason, wrote works with [the belief of] standing on the side of the wall, of what value would such works be?（どれほど壁が正しく、卵が間違っていようと、私は卵に寄り添いま

す。誰かがいずれ善悪の判断をしなければなりません。おそらく時間や歴史が明らかにするでしょう。しかし壁側に立とうとする小説家がいるのだとしたら、彼らが書く小説にどんな価値があるのでしょうか。）

村上は、卵がたとえ間違っていても卵側に立つことが小説家の務めだと言います。それは卵を擁護するためではありません。卵側から見える現実も誰かが伝えなければならないと信じるからです。

情報過多の時代といえども、情報は、特に影響力のある情報は、強者が作り発信するものです。報道する側が加害者であれ被害者であれ、多くの場合、弱者の声は汲み取られません。被害者や避難民を映す報道メディアがあったとしても、どの声を発信するかの選択は報道機関に委ねられます。

「壁と卵」の比喩に置き換えるのであれば、地下鉄サリン事件の被害者たちは卵側の人々でした。そして、壁側には教団だけでなく、教団について報道する大手メディアも含まれていました。

その後、村上は事件当時教団にいた信者たちにインタビューをし、『約束された場所で』

に収録します。サリン事件やその他の関連する事件に直接関わった人たちではありませんが、彼らは世間から犯罪者や狂信者として一括りにされていました。つまり彼らもまた「卵」だったのです。

村上はオウムの一連の事件の凶悪性や、教団のあり方に間違ったものがあったことを認めていますが、インタビューではできるだけ私情を挟まずに信者の声に慎重に耳を傾けました。複数の視点から事件を眺めることで、真実をより深く知ろうとしたのです。たとえ相手が敵であっても声をひろう。彼らの声を無視して教団外の人の声だけを集めれば偏りが生じます。どんな理由であれ人々の不安や怒りを煽る出来事は、「壁」と「卵」の関係を作り出します。そうなると壁側の意見の方が信頼されやすくなり、卵についての意見も壁側の視点から語り直されます。この「操作」に意識的であることが、事件の取材において不可欠だと村上は判断したのでした。

「悪しき物語」と「善き物語」

麻原はヨガや東洋神秘思想を持ち出して「自然志向をもとにした身体性の復権」を唱え、「近い将来におけるハルマゲドン（世界最終戦争）の到来」を予測し「仮想敵として〔中略〕

日本国とアメリカとフリーメーソンをあげ」、化学兵器サリンを生産するプラントを作り上げ、ロシアから武器を購入し、信者にロシアで射撃訓練を受けさせていたと村上は言います（『村上春樹　雑文集』255―256頁）。一方で、信者たちは、「自我という貴重な個人資産を麻原という「精神銀行」の貸金庫に鍵ごと預けてしまった」（『アンダーグラウンド』748頁）と。他人に自我を預けると、自分で人生や生き方について考える必要も、自我を自分でコントロールする必要もなくなり、それは心地よいものです。その意味で、信者たちは「積極的に麻原にコントロールされることを求めていた」（同749頁）のです。

村上は地下鉄サリン事件の調査を通じてある危機感を覚えます。それは麻原彰晃も村上春樹もともに「「物語」を職業的に語る人種」（同753頁）であったことです。といっても両者が語る物語には決定的な違いがあります。麻原の語る物語は単純で、相手に疑問を持たせない物語であり、村上の語る物語は複雑で相手に思考を促す物語であることです。

麻原が信者たちに与えた物語について、村上は次のように説明します。

　それはなにも洗練された複雑で上等な物語である必要はない。〔中略〕むしろ粗雑で単純である方が好ましい。更に言えば、できるだけジャンク（がらくた、まがいもの）

である方がいいかもしれない。人々の多くは複雑な、「ああでありながら、同時にこうでもありうる」という総合的、重層的な――そして裏切りを含んだ――物語を受け入れることに、もやは疲れ果てているからだ。そういう表現の多重化の中に自分の身を置く場所を見出すことができなくなったからこそ、人々はすすんで自我を投げ出そうとしているのである。（同751頁）

粗雑で単純でジャンクであったからこそ、麻原の物語は受け入れられたと村上は言うのです。多面的に物事を観察し、考えることに疲れた人々のニーズに合っていたと。しかし、時間をかけた観察や思考にこそ善なるものがひそんでいると村上は説明します。

善なるものというのは多くの場合、理解したり嚙み砕いたりするのに時間がかかるし、面倒で退屈な場合が多いんです。でも、「悪しき物語」というのはおおむね単純化されているし、人の心の表面的な層に直接的に訴えかけてきます。ロジックがはしょられているから、話が早くて、受け入れやすい。だから、汚い言葉を使ったヘイトスピーチのほうが、筋の通った立派なスピーチより素早く耳に入ってきます。

（『みみずくは黄昏に飛びたつ』126頁）

と呼ぶ理由について次のように説明します。「理解したり噛み砕いたりするのに時間がかかるし、面倒で退屈な」物語を「善き物語」

僕は思うんだけど、物語を体験するというのは、他人の靴に足を入れることです。世界には無数の異なった形やサイズの靴があります。そしてその靴に足を入れることによって、あなたは別の誰かの目を通して世界を見ることになる。そのように善き物語を通して、真剣な物語を通して、あなたは世界の中にある何かを徐々に学んでいくことになります。

（『夢を見るために毎朝僕は目覚めるのです』23頁）

「他人の靴に足を入れる」ためには、履き慣れた靴を脱がなければいけません。履いたことのない他人の靴を履くことで、見慣れた景色が違って見えてきます。それまで気づかなかった視点に気づきます。どうしてその作業が必要なのか。村上は次のように言います。

自分たちは比較的健康な世界に生きている、とみんな信じています。僕が試みているのは、こうした世界の感じ方や見方を揺さぶることです。（同166頁）

視点が変われば、それまで正しいと思っていた信念が、必ずしもそうではないかもしれない、と揺らぎ始めます。他人に対して持っていた印象が変わります。信頼していた考えやシステム、または信頼していなかった考えやシステムへの見方が変わります。人間関係に対する見方が変わることで、そこに属する自分という存在に対しての理解も変わります。

このようにして、視点を複数化させ、それまでの信念や思い込みに対して新鮮な発見を加えてくれるもの、それによって世界について、その世界に属す自分についての理解を深めてくれるもの、それが村上の言う「善き物語」です。つまり、「言われたとおりにしなさい」と思考を制限しようとする何かがあっても、閉塞的な思考の習慣が「間違い」であると気づいてそれを押し返そうとする。そんな原動力を与えるものが「善き物語」です。

小説を読むことで読者は他人の靴に足を入れて視点を複数化させますが、小説内の登場人物もまた物語の冒険を通じて他人の靴を履きます。そのプロセスの重要性について村上は次のように話します。

僕の本の主人公はたいていの場合、その人にとって重要な何かを探しています。〔中略〕〔引用者補足：しかし冒険の途中で〕探していたものが意味を失ってしまい、目的に到達することがたいして重要ではなくなってしまう。物語は、しかしネガティブなわけではありません。というのも物語の真の意味は、探そうとするプロセス、つまり探求の運動のうちにあるんですから。主人公は、はじめとは別人になっています。重要なのはそのことなんです。（同163頁）

村上の物語において主人公たちはある種の冒険や旅に出ます。そこで探していたものが最後まで見つからなかったり、見つかってもすでに失われていた（亡くなっていた）と気づいたりします。それらの結末が、モヤモヤとした消化不良の感覚を残し、ある種の読者を遠ざけているのは事実です。しかし村上は物語の役割とは、異世界を通過させることだと考えます。それは登場人物にとっても読者にとっても同じです。小説内の架空の人物の視点で世界を見ることによって、または登場人物が冒険や旅をすることで日常から一時的に離れることによって、「世界の感じ方や見方を揺さぶる」。その先に「はじめとは別人になって」いる。つまり主人公も読者も成長するのです。

単純な二元論の崇拝

オウム真理教が破壊の道を進んでしまった原因は、麻原の物語の特徴にあると村上は考えました。麻原は日本社会を浄化することを教団の使命としました。そのためには、信者たちに自分たちが正義で、その外側に悪があるという構図を信じ込ませる必要がありました。戦うべき悪を明確にしなければ、自分たちの戦う意義を証明できないからです。オウム真理教の脆弱さは対峙する悪を作り続けなければならないところにありました。組織は大きくなればなるほど維持が難しくなります。信者全員を納得させられるだけの悪の存在を語り続けなければなりません。そうして霞が関へ向かう地下鉄内でのテロ攻撃を実行するまでになったのです。内の正義と外の悪という単純すぎる物語であったがゆえに、受け入れられやすく、それゆえに破壊的な結果をもたらすことになりました。

しかしこの単純すぎる二元論崇拝は教団に限った話ではありません。教団について詳細に調べた村上が気づいたことは、「こちら側」のマスメディアもまた正義と悪の二元論でしか教団を見ていなかったということでした。

マスメディアの基本姿勢は、〈被害者＝無垢なるもの＝正義〉という「こちら側」と、〈加害者＝汚されたもの＝悪〉という「あちら側」を対立させることだった。そして「こちら側」のポジションを前提条件として固定させ、それをいわば梃子の支点として使い、「あちら側」の行為と論理の歪みを徹底的に細分化し分析していくことだった。

このような相互流通性を欠いたモーメントの行き着く先は、往々にして、煮詰められパターン化された論理であり、淀みがもたらす無感覚である。

（『アンダーグラウンド』740頁）

マスメディアは連日教団と関係者の分析に紙幅を費やす一方、メディアの意見に疑念を抱かない「こちら側」の私たちについて省みる視点を持ちませんでした。しかし「あちら側」の信者たちはもともと「こちら側」に所属していた人たちであり、「こちら側」に探し求める「物語」がなかったことが理由で「あちら側」を頼っていったのです。「あちら側」だけ分析することに意味はなく、むしろ「こちら側」も同様に分析しなければならなかったのです。この「こちら側」の問題をなきものとして見過ごす姿勢こそが問題の根幹をなしていたと言えるでしょう。

つまり麻原もマスメディアも同様に、「粗雑で単純な物語」で信者や視聴者を増やし、彼らに一面的な見方を促したと言えます。このように村上がオウム事件の調査を通して訴えようとしたことは、ある一教団による狂気の事件の詳細ではなく、「あちら側」の狂気と言えるものが「こちら側」にもあり、それが何より思考の停止を促す報道の裏にひそんでいるという意味で、オウムの問題は日本社会全体の問題であるということでした。

麻原やマスメディアが利用する物語の「悪しき力」に対抗して、村上が小説を通して伝えようとする物語の「善き力」とは、「複雑で重層的な物語」であると言います。つまり性急な判断を促さず、相手を立ち止まらせて考えさせる物語です。誰かに決定を任せず、自らが観察し、分析し、答えを出すよう導く物語です。

物語の「悪しき力」に対抗できるのは、自ら考える意志です。その意志は、与えられた「正解」を鵜呑みにさせず、自らの目で観察し判断させます。それが自由を束縛しようとする大きな力から身を守る術だと村上文学は伝えます。

すぐに結論を出さないこと

読者に「他人の靴」を履かせるために、小説家として心がけていることを村上は次のように話します。

小説家とは何か、と質問されたとき、僕はだいたいいつもこう答えることにしている。「小説家とは、多くを観察し、わずかしか判断を下さないことを生業《なりわい》とする人間です」と。

なぜ小説家は多くを観察しなくてはならないのか？　多くの正しい観察のないところに多くの正しい描写はありえないからだ〔中略〕最終的な判断を下すのは常に読者であって、作者ではないからだ。

（『村上春樹 雑文集』20―21頁）

「多くの正しい観察のないところに多くの正しい描写はありえない」。この村上の考えは麻原のそれと対照的でした。麻原は信者たちに、自分の目で現実を観察し判断することを禁じていたからです。村上は次のようにも語ります。

良き物語を作るために小説家がなすべきことは、ごく簡単に言ってしまえば、結論を用意することではなく、仮説をただ丹念に積み重ねていくことだ。（同21頁）

そして、それらの仮説を読者が「個人的にわかりやすいかたちに並び替える」作業のことを「判断」という、と村上は言います。つまり小説は、複数の仮説を提示することで、読者に多角的に物事を観察させ考えさせることを目的にしているということです。言い換えれば、結論を急がせない。時間をかけて観察させ、考えさせるということです。

村上が小説の役割を信じ続ける理由はここにあるでしょう。本当に個人を守れるものは、個人の観察力と判断力。そして他人に任せず、自分で現実を見きわめようとする意志と、自分で自分の人生を引き受ける覚悟——そんな村上の信念がここに表れています。

現代社会では、SNSや情報メディアの発展により、結論を瞬時に手に入れられる環境ができあがっています。しかし、こうして得られる結論の多くは、情報を部分的に「切り取った」ものに過ぎません。全体像を俯瞰して捉えるための「手間」を省き、部分的な情報だけをもとに全体への判断を下していては、結論や判断が正確ではなくなってしまいます。それにもかかわらず、多くの人が結論を急ぎ、時間をかけて調べたり観察したりすることを煩わしいと感じ、出来合いの真実に依存してしまうのです。このような傾向は、現代における思考の怠惰とも言える問題を浮き彫りにしています。

じっくり観察し考えることが習慣となれば、観察し考える自分への信頼感が高まります。答えを与えてくるものに対して慎重さを持って向き合い、それが本当に正しいのかどうかを見きわめ手間を惜しまなくなります。その状態に、村上はある種の自由さを見ていると考えられます。

小説の役割について村上は次のようにも話します。

> 仮説の行方を決めるのは読者であり、作者ではない。物語とは風なのだ。揺らされるものがあって、初めて風は目に見えるものになる。（同23頁）

風は目に見えません。自分が揺らされていることに気づいて初めて風が吹いていると気づきます。村上の物語に共感する世界中の読者たちは、物語に揺らされる自分に気づくことで、村上の物語の「善き力」に気づきます。それは麻原が信者に与えた物語のように視点を固定するものではありません。それまでの信念を揺さぶることで、正しい、または疑いようのないと認識されていたものの不確かさに気づかせます。

そこで〈判断する自分〉が生まれます。「あなたはこういう人間です」と自分の代わりに定義してくれる存在に頼るということをやめ、〈観察する自分〉への信頼を高めます。そこにこそ自由があることを、村上は読者に気づかせようとします。

思春期に小説を読んでいない

村上はあるエッセーで、物語の「善き力」を実体験した読者の話を紹介しています。その男性は、オウム真理教とは別の、ある大きなカルト宗教に入信し、外部から遮断された生活を強制されていましたが、長い時間をかけてその精神的束縛から抜け出します。後に、男性は村上に手紙を出し、小説を読むことを禁じる教団内で、ひそかに隠し持っていた『世界の終りとハードボイルド・ワンダーランド』（一九八五年）を見つからないように毎日読み続けていたことを話します。

どうして毎日すがるようにその小説を読んでいたのか、どうして言われたようにそれを捨ててしまわなかったのか、それは彼にもうまく説明できない。しかしもしその本を読み続けていなかったら、あそこからうまく抜け出せたかどうかわからないと彼は書いていた。

それは小説家である僕にとっては大事な意味を持つ手紙だった。

（『村上春樹　雑文集』31頁）

この男性のエピソードは、麻原が信者たちに与えた閉塞感の強い物語に対抗する効力を村上の物語が持っていたことを示唆しています。「多くを観察し、わずかしか判断を下さない」ことを心がける作家の小説によって、精神的に束縛される男性が外の世界との繋がりをわずかでも維持できたのです。

対照的に、オウム真理教の信者は共通して小説を読む体験をしてこなかったことに、村上はインタビューを通して気づきます。

僕は彼ら全員にひとつ共通の質問をした。「あなたは思春期に小説を熱心に読みましたか？」。答えはだいたい決まっていた。ノーだ。彼らのほとんどは小説に対して興味を持たなかったし、違和感さえ抱いているようだった。

（同256―257頁）

信者たちは、小説のようなフィクションを通じて現実を多角的に捉える経験が乏しかったため、麻原の語る物語が虚構であるかどうかを判断できませんでした。その結果、彼らはそれを真実として受け入れ、物語の中に取り込まれていったのです。この事例は、小説を読む行為が、個人に多角的な思考や批判的な視点を養わせる力を持つことを示しています。それは、閉塞的で一方的な物語が押し付けられたときに、それに対抗するための重要な原動力となるのです。

この視点をもとに村上春樹作品を読み返してみると、これまで難解だと感じていた物語が、まるで自由についてユーモアたっぷりに解説した書物のように感じられるようになるでしょう。村上の物語が持つ奥深さと魅力が、自由の本質を探る旅として新たに姿を現すかもしれません。

『ねじまき鳥クロニクル』の綿谷ノボル

村上は小説を書く際に、自分の内側にあるメッセージ、すなわち物語を取り出すと語ります。外に探しに行くのではなく、自分の内面に向かうという姿勢は、物語の善き力を語る者として重要な意味を持っています。それは観察し判断する自分自身への信頼を育むからです。これを村上は「自己治療的な行為」と表現します。

小説を書くというのは、〔中略〕多くの部分で自己治療的な行為であると僕は思います。「何かのメッセージがあってそれを小説に書く」という方もおられるかもしれないけれど〔中略〕僕はむしろ、自分の中にどのようなメッセージがあるのかを探し出すために小説を書いているような気がします。物語を書いている過程で、そのようなメッセージが暗闇の中からふっと浮かび上がってくる――

(『村上春樹、河合隼雄に会いにいく』79―80頁)

自分の内側にあるメッセージを見つけることで、メッセージを持っているという自分に気づくことができます。「持っている」ことに気づくことで、人は自己肯定感を高められます。これは自己治療的な効果のひとつと言えます。

反対に、自分の内側にはメッセージなど「ない」と信じて生きる人には、内側にメッセージを探しに行こうとする意志は育ちません。代わりに、自分にメッセージを与えてくれる人を外に探しに行きます。これはオウム真理教を頼って考える意志を捨てた若者たちの例に現れています。

また「霞が関」という「敵」を想像し続けることで、自分たちの存在意義を証明し続けようとしたオウム真理教もまた、自分たちの存在意義を「敵」に依存していたという点で、内側に探すべきメッセージなど「ない」という自己否定感をはらんでいたと言えます。

村上は、小説を書くことで自らの内側にあるメッセージを取り出す「自由」を体現しています。内側のメッセージに寄り添うということは、内側に逃避することと同義ではありません。むしろ、自分の生きづらさを外部の責任として押し付ける態度への対抗でもあります。他者や環境を変えようと働きかけることで、被害者としての立場に安住し、自らの責任を回避することも可能です。しかし、どのような立場においても、依存を前提とした関係は常に脆さを抱えています。外部を非難する行為は、外への逃避と表裏一体なのです。

内側と向き合う大切さを村上はこれまでたくさんの作品を通して伝えていますが、対照的に外向きに生きる空虚な人物を描くことで警鐘も鳴らしています。例えば、『ねじまき鳥クロニクル』（一九九四年）の綿谷ノボルがわかりやすい例です。

綿谷ノボルは、主人公が敬遠する人物として登場します。彼は主人公の妻クミコの兄で、東大卒業後アメリカの大学に進学し、日本に帰ってからは経済学者としてテレビにも頻繁に出演する有名人です。主人公は綿谷ノボルを次のように描写します。

彼は短い言葉で、短い時間のあいだに相手を有効に叩きのめすことができた。〔中略〕しかし注意して彼の意見を聞き、書いたものを読むと、そこには一貫性というものが欠けていることがよくわかった。彼は深い信念に裏づけされた世界観というものを持たなかった。

（『ねじまき鳥クロニクル』第一部166頁）

綿谷ノボルは「一貫性」も「深い信念に裏づけされた世界観」もないエリート大学出身者で、テレビのコメンテーターとして、日々多くの視聴者に影響を与えています。彼は家族を傷つけ、娼婦として買った女性に、体が二つに裂けるような（身体的に・精神的に・象徴的に）恐ろしい痛みを与える男として登場します。

自分の高い能力を相手を叩きのめすことに利用する人間の恐ろしさと、そのような人間が影響力を持つ社会に対する危機感について、小説は幾度となく言及しますが、綿谷ノボルを育てた両親についての描写も同様に、読者に危機感を感じさせます。以下は、主人公が綿谷ノボルの父親と母親について話す場面です。

結婚してまだ間もない頃に、僕は義父の口から直接その話を聞いたことがある。人間はそもそも平等なんかに作られてはいない、と彼は言った。人間が平等であるというのは、学校で建前として教えられるだけのことであって、そんなものはただの寝言だ。日本という国は構造的には民主国家ではあるけれど、同時にそれは熾烈な弱肉強食の階級社会であり、エリートにならなければ、この国で生きている意味などほとんど何もない。ただただひきうすの中でゆっくりとすりつぶされていくだけだ。だから人は一段でも上の梯子を上ろうとする。それはきわめて健全な欲望なのだ。人々がもしその欲望をなくしてしまったなら、この国は滅びるしかないだろう。僕は義父のそのような意見に対してとくに何の感想も言わなかった。それに彼は僕の意見なり感想なりを求めていたわけでもないのだ。彼は未来永劫《えいごう》にわたって変わることのない自らの信念を吐露していただけなのだ。

（同159―160頁、傍線引用者）

父親とは対照的に、母親は夫の意見を借用する習慣を持つ人物として描かれます。

母親の方は東京の山の手で何の不足もなく育った高級官僚の娘で、夫の意見に対抗できるような意見も人格も持ちあわせてはいなかった。僕の見た限りでは、彼女は自分の目に見える範囲を越えた物事に対しては（実際には彼女はひどい近眼だったのだが）どのような意見も持っていなかった。それ以上の広い世界に対して自分の意見を持つ必要がある折りには、彼女はいつも夫の意見を借用した。あるいはそれだけなら、彼女は誰にも迷惑をかけることもなかったかもしれない。しかし彼女の欠点は、そのようなタイプの女性が往々にしてそうであるように、どうしようもないほどの見栄っぱりであることだった。自分の価値観というものを持たないから、他人の尺度や視点を借りてこないことには自分の立っている位置がうまくつかめないのだ。その頭脳を支配しているのは「自分が他人の目にどのように映るか」という、ただそれだけなのだ。そのようにして、彼女は夫の省内での地位と、息子の学歴だけしか目に入らない狭量で神経質な女になった。

（同160頁、傍線引用者）

なぜ綿谷の描写は一面的なのか

階級社会の上に立たなければ生きている意味がないと考える父親と、自分の意見を持つことなく他人の意見を借用し、他人の尺度や視点を頼って生きる母親。この二人に育てられたのが綿谷ノボルです。

他人の意見に依存する母親の依存体質は明らかですが、競争に勝ち抜いていくことでしか生きる意味を感じられない父親もまた、依存体質であると言えます。それは競争という他人との比較でしか自己の価値を測れない生き方だからです。この二人に育てられた綿谷ノボルもまた、自分の思想を深めることよりも「短い時間のあいだに相手を有効に叩きのめす」ことで自分の存在意義を実感するという外向きの生き方を体現しています。その妹であり主人公の妻であるクミコは、父親や兄のような攻撃性は備えていませんが、精神に大きな欠陥を抱え込んだ不安定な大人に成長し、主人公との結婚もその欠陥によって続けることができなくなります。

このように村上作品には、自分の思想や信念を深めようとせず、誰かの意見を借用したり、競争社会という社会構造に依存したりする生き方に疑問を持たない人物たちが、何かしら欠損を抱えた人物や他人を著しく傷つける脆い人物として描かれます。彼らの生き方を読み解けば、表面的には権力や権威側に立っているように見えても、内実は内側の空虚さを外部への依存によって埋めていることがわかります。

村上作品に対して、綿谷ノボルのようにわかりやすい「悪役」の描写が一面的すぎるという批判もあります。一方で村上はあるインタビューで、綿谷ノボルの描写が表層的であるという指摘を受け、次のように説明します。

〔前略〕綿谷ノボルのあり方は、あなたが言うように浅く、表層的です。しかし彼の意見は浅く表層的なるが故に、その伝達スピードは速く、その影響はきわめてプラクティカルです。僕が彼を描写することで読者に伝えたかったのは、そのようなレトリックを武器にした現代メディア剣闘士たちが我々の社会に対して、あるいは我々の精神に対して及ぼす危険性であり、水面下で行使する非人間的な酷薄さです。我々は日々の生活において、まわりをそのような人々にぐるりと取り囲まれて生きているといってもいいくらいです。我々が我々自身の意見だと見なしているものの多くは、よく考えてみれば、彼らの意見のただ受け売りに過ぎないということが、往々にしてあります。心寒くなる話ですが、我々は多くの場合、メディアを通して世界を眺め、メディアの言葉を使って語っているのです。

（『夢を見るために毎朝僕は目覚めるのです』384頁）

表層的な意見であるほど伝達スピードが速く、影響力も高いというのは、麻原彰晃の物語が単純であるがゆえに多くの若者を魅了したという事実を思い出させます。同様に、麻原彰晃やオウム真理教を単純な善悪の二元論構造で語り切ろうとした大手メディアの浅薄さにも当てはまるでしょう。

また、村上が問題視するのは、「綿谷ノボル」的な情報発信者だけではなく、外から入ってきた情報と自分の意見を比べることもなく正論と受け入れてしまう視聴者です。彼らは自分の意見だと思われるものが、他人の意見の鸚鵡《おうむ》返しになっている可能性に気づこうとしません。気づかない間に「メディアを通して世界を眺め、メディアの言葉を使って語って」、メディアにとって都合の良い人物に自分を作り上げていきます。そして綿谷ノボルの母親のように、「自分の価値観というものを持たないから、他人の尺度や視点を借りてこないことには自分の立っている位置がうまくつかめない」人間になるのです。

麻原彰晃にしろ、「現代メディア剣闘士」にしろ、彼らの物語の聞き手がいるからこそ影響力を持ちます。「悪しき物語」の語り手だけを排除しても、何が「悪しき物語」か判断できない聞き手がいる限り、彼らは「悪しき物語」の語り手を探し続けます。自分たちの安心のために。「綿谷ノボル」的人物の描写が一面的であることには、このように村上の確かな意図があるのです。奇しくも『ねじまき鳥クロニクル』を発表した一九九四年の翌年に地下鉄サリン事件は起きました。村上が懸念した危機感が、現実に体験されたのです。

重層的な物語を発信することで、読者たちに考える余白を与え続ける。ここに村上の出発点があります。

3 記号化という暴力――『アフターダーク』

中国人娼婦か中華料理か

村上が自由になろうとする個人を描き続ける理由は、自由を制限する社会を明確に意識しているためでしょう。自由に生きたいと望むなら、社会がどのように個人の自由を縛るのかを明確に理解していなければなりません。『アフターダーク』（二〇〇四年）で村上は、個人を役割で記号化することで個別性を否定しようとする現代社会の問題を、夜の東京を舞台に描きます。

十九歳のマリは深夜のファミリーレストランでひとり夜を明かそうと読書をしています。そこに近くでバンドの練習をしていた高橋という大学生が休憩に訪れ、以前グループデートで一緒だったマリを見つけ短い会話を交わします。高橋が去ってまもなく、高橋が以前働いていたラブホテルの従業員であるカオルという女性がマリの席にやってきて、高橋からマリが中国語を話せると聞いた、ホテルに日本語の話せない中国人の客がいて困っているから助けて欲しいと言います。

カオルに付いてホテルに行くと、そこには客に殴られて顔を腫らした中国人の少女がいます。彼女はマリと同い年の娼婦でした。中国の売春の組織によって日本に渡航させられ、組織に言われるがままホテルで客の相手をするという日々を強制されていました。その日はホテルで彼女の生理が始まってしまったことを知った客の男が、怒って顔に傷が残るほどの暴力を彼女にふるい、身につけていたものも持ち物もすべて持ち去ってしまったというのです。

客の男というのは近くの会社で残業するサラリーマンの白川です。普段は優秀な従業員であり家族思いの既婚者の白川は、ホテルを去ると何もなかったかのように会社に戻りコンピューターのシステム処理をこなします。手の甲には少女を殴ったときの痛みが残っています。

白川の冷酷さは、例えば次の会話に現れます。残業する白川を気遣って電話をかけてきた妻との会話です。晩ご飯に何を食べたかと妻は聞きます。

「夜食に何を食べたのかってこと」
「ああ、中華料理。いつも同じだよ。腹持ちがいいからさ」
「おいしかった?」
「いや……、そうでもなかった」

(『アフターダーク』122―123頁)

中国人の娼婦を買う行為を「中華料理を食べる」と言い換え、その理由を「腹持ちがいい」からと説明します。食べたいから食べるのではなく、都合がいいから食べているだけだという意味です。そして、おいしかったかと聞く妻に、「そうでもなかった」と答える白川が普段から娼婦の女性をどのように扱っているのか想像できるでしょう。

白川にとって娼婦の女性は記号としての役割しか持たず、記号としての女性が顔に傷が残るほどひどく殴られても問題はないのです。記号の代わりはいくらでもあるからです。相手を記号化して眺めれば、人はその対象を交換可能で体温を欠いた無機質な存在として扱うことができます。そこには人間的尊厳はありません。私たちが鶏の唐揚げを食べるときに、鶏が生きていた様子を想像して命の尊厳について考えたりなどしないように、人間もまた記号化されてしまえば、役割としての存在意義しか認められなくなります。

白川の冷酷さが際立つのは、白川が少女に対して身体的暴力に限らず、生身の女性を「中華料理」と記号化することによって、彼女の人間としての固有性と尊厳を否定するという「意識の暴力」を加えているからです。

深い感情をもってはいけない街

深夜の東京を舞台とする『アフターダーク』には記号化された存在、つまり固有性を奪われた存在が溢れています。無数のビル、繁華街のネオン、ヒップホップを流す店頭のスピーカー、ゲームセンター、派手な電子音、コンパ帰りの大学生グループ、金髪でミニスカートの少女たち、終電に急ぐサラリーマンたち、カラオケ店の呼び込み、パトロール中の警官など、私たちが「深夜の東京」と聞いて無意識に思い浮かべる無機質なアイコンを、村上はあえて小説に散りばめます。

マリが夜を過ごす「デニーズ」は「店はどこをとっても、交換可能な匿名的事物によって成立している」と描写されますが、都市自体がどこを見渡しても「交換可能な匿名的事物」で成り立っています。それを象徴するのがカオルが働くラブホテルの名前「アルファヴィル」です。

マリはホテルの看板を見て、ジャン＝リュック・ゴダールによる同名のフランス映画を思い出し、映画に描かれるアルファヴィルという都市の様子をカオルに説明します。


「たとえば、アルファヴィルでは涙を流して泣いた人は逮捕されて、公開処刑されるんです」

「なんで？」

「アルファヴィルでは、人は深い感情というものをもってはいけないから。だからそこには情愛みたいなものはありません。矛盾もアイロニーもありません。ものごとはみんな数式を使って集中的に処理されちゃうんです」

（『アフターダーク』88―89頁）

映画の「アルファヴィル」では人間を含めたすべての存在が記号として「数式を使って集中的に処理」され「深い感情」や「情愛」のような感情は禁じられます。「深い感情」や「情愛」のような色のある感情は、人間を役割としてのみ見る冷静さを失わせるからです。

記号化される人間は、その記号としての役割を務められるときにだけ価値を認められます。特に都市では効率性を最大化しようとする意識が強く、そのために私たちはあらゆる場面で記号として生きる選択を求められ、また求められる生き方を気づかずに実践していたりします。

この社会で記号化されるのは娼婦だけではありません。企業に勤めれば均質的な労働者であることが期待され、効率性を妨げる可能性のある固有性は疎まれます。資本主義社会で生きるには、誰もが身分という記号を引き受け、その役割をこなさなければなりません。白川の冷酷さは、文脈を変えればこの社会に住む誰もが発揮する冷酷さでもあります。

記号化を拒否した姉のエリ

マリにはエリという姉がおり、高橋とは高校の同級生です。マリによれば、マリとエリは対照的で、子どものころからそれぞれに役割を両親から期待されて育ちました。器量のよいエリと聡明なマリ。エリはその美しさを維持して成長することを期待され、子どもの頃から雑誌やコマーシャルのモデルとして活躍します。一方で、エリほどの器量を持たないマリは、勉学の面を期待されて育ちますが、小学校のときに登校拒否を始めてからは、成績にうるさくない中国系の学校に移り、親の期待に応えられなくなった自分に対する自信を失っています。「お姉さんが感じやすい白雪姫で、私は丈夫な山羊飼いの娘」（同173―174頁）とマリは自分と姉の対照性を強調します。

表面的には順調に生きているように見えるエリですが、ある日を境に眠り続けることになります。マリによると、エリは二カ月前に、自分はしばらく寝ると家族に宣言し、その後ベッドに入ったまま目覚めなくなったというのです。

高橋は、以前エリに会ったときのことを思い出し、エリは自分とは対照的に自由に生きる妹のマリにコンプレックスを抱いているという印象を持ったと話します。一見、両親の期待に応える器用な姉だが、親の意見より自分の意見を大事にするマリの生き方が羨ましかったのではないかというのです。高橋は続けます。

〔引用者補足：エリは〕与えられた役割をこなし、まわりを満足させることが、小さい頃から彼女の仕事みたいになった。君の言葉を借りれば、立派な白雪姫になろうと務めてきたんだ。

ちょっと思ったんだけどさ、こんな風に考えてみたらどうだろう？　つまり、君のお姉さんはどこだかわからないけど、べつの「アルファヴィル」みたいなところにいて、誰かから意味のない暴力を受けている。そして無言の悲鳴を上げ、見えない血を流している。

（『アフターダーク』189―192頁）

高橋は、エリが両親や周囲に期待されるまま「美しい娘」という役割を務め続けた結果、その枠から抜けられなくなり、「アルファヴィル」に住むような窮屈さを持った生き方になってしまったのではないかと言うのです。

そう考えれば、エリが眠り続けることで、それまでの生き方から逃避しようとしていると推測できます。しかし束縛からの解放だけでは自由は実現せず、主体的に生きる意志を必要とするように、エリは眠るだけでは自由を獲得できません。

エリの受動性が比喩的に現れているのが、中国人娼婦に暴力を振るった白川が、眠るエリのベッドの前に座りエリを見つめている場面です。この様子は、テレビ画面に映しだされることで、この空間がある種の現実から切り離された異界であることが示唆されます。つまり、白川が現実にエリの部屋に侵入しているというより、ある種の異界でエリが比喩的に白川（または白川のような存在）から監視されているということです。高橋が言うように、エリは「べつの「アルファヴィル」みたいなところにいて、誰かから意味のない暴力を受けている」のです。

エリと白川が現実に接点があるというより、白川のような、人間を記号化するという暴力装置（彼自身も作中では暴力装置として記号化されています）と、エリのような記号化される暴力の被害者の構図を比喩的に表した場面であると解釈できます。

エリを被害者にした原因、つまり受動性という脆弱性を身につけさせてしまった原因は、エリが記号化されて生きるあり方を受け入れ続けてしまったことにあります。そこから抜け出すには、自分で自分を不自由にしている構造に気づき、自ら観察し、判断し、選ぶという主体性をベースにした自由を発動させるほかありません。

記号化という暴力の発動先はあらゆるところにあり、加害者とそうでない者との間の境界線は薄く、いつでも越えてしまう可能性のあるものです。その可能性をわかりやすく説明しているのが次の場面です。

法学部に通う高橋には、裁判を傍聴した経験があります。初めは裁判に立たされる犯罪者と自分の住んでいる世界のあいだに「高い壁」があると信じていますが、何度も裁判所に通ううちに、高橋はその「壁」を不確かに感じるようになります。「二つの世界を隔てる壁なんてものは、実際には存在しないのかもしれない」と考えるようになるのです。

高橋はその時の様子をマリに説明します。

「〔中略〕裁判という制度そのものが、僕の目には、ひとつの特殊な、異様な生き物として映るようになった」

「異様な生き物?」

「たとえば、そうだな、タコのようなものだよ。深い海の底に住む巨大なタコ。たくましい生命力を持ち、たくさんの長い足をくねらせて、暗い海の中をどこかに進んでいく。僕は裁判を傍聴しながら、そういう生き物の姿を想像しないわけにはいかなかった。そいつはいろんなかたちをとる。国家というかたちをとることもあるし、法律というかたちをとることもある。もっとややこしい、やっかいなかたちをとることもある。切っても切っても、あとから足が生えてくる。そいつを殺すことは誰にもできない。あまりにも強いし、あまりにも深いところに住んでいるから。心臓がどこにあるかだってわからない。僕がそのときに感じたのは、深い恐怖だ。それから、どれだけ遠くまで逃げても、そいつから逃れることはできないんだという絶望感みたいなもの。そいつはね、僕が僕であり、君が君であることなんてことはこれっぽっちも考えてくれない。そいつの前では、あらゆる人間が名前を失い、顔をなくしてしまうんだ。僕らはみんなただの記号になってしまう。ただの番号になってしまう」

（『アフターダーク』142―143頁、傍線引用者）

高橋のいう「巨大なタコ」とは、あらゆるものを象徴的に記号や番号に変える力を持つ存在を指します。裁判で有罪判決を受ける者は「犯罪者」という記号に変えられます。犯罪者と確定した瞬間にその人間は「壁」の向こう側に送られ、「あちら側」の住人とみなされます。そして一度でもその「壁」を越えた者は、刑期を終えた後であっても「壁を越えた人間」という記号を背負い続けます。

罪を犯すといっても、その経緯や方法は様々で、犯罪者と呼ばれる人の中には何人もの人間を無差別で殺すような人間もいれば、自身も身体障害を抱えながら脳梗塞の夫と脳性麻痺の長男の介護をひとりで続けてきた末に、自宅に放火して二人を死なせてしまった女性（二〇二一年千葉県旭市の事件）のようなケースも含まれます。

この両者の間には命を奪う理由に大きな差異がありますが、「犯罪者」として記号化された途端に、その差異に大きな意味はなくなります。経緯や理由に関係なく、「あちら側」に送られた人間は「犯罪者」のひとりでしかなくなるのです。「そいつの前では、あらゆる人間が名前を失い、顔をなくしてしまう」というのは、「犯罪者」という記号が、ひとりひとりがもつはずの固有性を否定し、顔のない人間にしてしまうからです。

また、それは「国家というかたちをとることもあるし、法律というかたちをとることもある。もっとややこしい、やっかいなかたちをとることもある」というように、この「巨大なタコ」は裁判制度だけを意味しません。国家や法律のようにわかりやすい形ではなく、ややこしく特定しにくい姿でも現れます。「こちら側」の人間を「あちら側」に葬る強制力を持ち得るあらゆる存在を指します。それには社会システムから、人間の心までが含まれます。エリに美しい女性としての役割ばかりを、マリに聡明な女性としての役割ばかりを期待する両親も同じです。

村上は一貫して、個人が個人であることを妨げる存在を描くことで、読者に対してその存在に気づかせようとします。それは効率を優先して利益の最大化を目的とする社会や、個人の尊厳を無視する人間たち、そして我が子に特定の役割を期待する両親など様々な視点から描かれます。

また、効率を優先する社会の価値観に染まるあまり、その押し付けられた価値観に疑問を持たず、それに沿わない他者を見れば断罪したがる人間は、さらにやっかいです。自ら思考する意欲の欠如が、自らを「巨大なタコ」と化し、無意識の暴力を振るわせている可能性があるからです。

自分がそれまである種の考えを無意識に信じていたと気づくとき、またはそれまで正しいと信じていた考えの正当性に疑問を持つとき、人は立ち止まり、思考し始めます。思考の積み重ねは主体性を育てます。村上はこのように、啓蒙的に「どう生きるべきか」を指南するのではなく、気づかせて考えさせることで、思考力という名の「盾」を読者に身につけさせようとするのです。

十九歳のマリは言います。

時間をかけて、自分の世界みたいなものを少しずつ作っていきたいという思いはあります。そこに一人で入りこんでいると、ある程度ほっとした気持ちになれます。でも、そういう世界をわざわざ作らなくちゃならないっていうこと自体、私が傷つきやすい弱い人間だってことですよね？　そしてその世界だって、世間から見ればとるに足らない、ちっぽけな世界なんです。段ボール・ハウスみたいに、ちょっと強い風が吹いたら、どっかに飛ばされてしまいそうな……

（同245―246頁）

自ら考え、思考を積み重ねていく作業は時間を要します。初めは段ボール・ハウスのように脆弱で頼りないものかもしれません。しかしその手間を重ねることで、この世界に潜む理不尽な暴力に気づく視点を養い、その暴力の影響に無意識に晒されることのないよう対策を講じることができるようになります。この作業こそが、自由に生きるために できる最善の処世術であることを、村上文学は伝えています。

第三章

「橋を焼いた」作家

——三つの習慣と「意識の整え方」

ここまで、村上春樹の作品がどのように読者に受け入れられ、どのように自由の概念が読者によって重要視されているか、そして作家自身がどのように自由という概念を捉え、またどのような経緯でその概念を形成してきたかについて見てきました。

本章では、自由の実践のために村上がどのような意識の習慣を持っているかを探っていきます。直感に従うこと、情報という「荷物」を多く持たないこと、集中力を高めること、これらの三つの習慣が、ベストセラー作家村上春樹を登場させたと言っても過言ではありません。ここに説明することは誰にとっても大切だとわかっているけれど、なかなか実践に至らないことかもしれません。しかし、そんなシンプルな意識のあり方の継続が、自由の獲得の手助けになっていることがあると村上は教えてくれます。

1　直感に従う勇気

小説を書くために「橋を焼いた」

人は誰もが安定を好み、変化を恐れます。人生の転換期というものは誰にでも訪れうるものですが、それまで馴染んだものを手放し、新しい環境に飛び込むのには勇気が要ります。特にそれが外部からの強制的な力によるもの（しなければならないこと）ではなく、自らの意志によるもの（しなくてもいいこと）である場合は、より大きな勇気と気合いが必要になります。

村上の人生を辿ると、村上が「しなくてもいいこと」へ飛び込んだおかげで、世界的ベストセラー作家村上春樹が誕生したことがわかります。村上は早稲田大学に在籍中に学生結婚をし、ジャズバーを始めます。大きな借金を抱えながらも、こだわりの家具と音楽を揃えたバーは次第に経営が軌道に乗り、店にはその後活躍する、またはすでに活躍中の文化人や音楽家が多数訪れました。村上は店を閉めた後のわずかな時間を縫って、店の調理場で初期作品を書き上げます。そして二十九歳で発表した作品は見事に群像新人賞を受賞し、デビューを飾るのです。

二作目も順調に発表しますが、その後バーの閉店を決意します。それまでより長い作品を書くために必要な集中力が、店の運営と並行する形では得られないと判断したからでした。閉店を決めるとき、周囲の多くが村上の決断に反対したといいます。店の収入が安定しているときに、その収入源を捨てて、食べていけるかわからない小説家になるなんて危険な賭けであり馬鹿げていると。店の経営を誰かに任せて、オーナーとしての収入を確保し続けた方がいいと助言してくれる友人もいたそうです。しかし村上は店を手放すことで、「橋を焼いた」と話します。

僕は昔から「何かをやるからには、全部とことん自分でやらないと気が済まない」というところがあります。「店は適当に誰かにまかせて」みたいなことは、性格的にまずできません。ここが人生の正念場です。思い切って腹をくくらなくてはならない。とにかく一度でいいから、持てる力をそっくり振り絞って小説を書いてみたかった。駄目なら駄目でしょうがない。また最初からやり直せばいいじゃないか。そう思いました。僕は店を売却し、集中して長編小説を書くために東京の住まいを引き払いました。都会を離れ、早寝早起きの生活を送るようになり、体力を維持するために日々ランニングをするようになりました。思い切って、生活を根っこから一変させたわけです。

（『職業としての小説家』273―274頁）

いくぶん大げさに言えば、後戻りできないように「橋を焼いた」わけです。

（同273頁）

村上は小説家になる覚悟として、店という安定収入を断ち切りました。小説家になるために「橋を渡った」のではなく、戻れないよう「橋を焼いた」のです。そして出来上がった作品が、初の長編小説となる『羊をめぐる冒険』（一九八二年）でした。このようにして村上は兼業作家から専業作家に転身しました。その後の活躍は私たちの知るところです。

文豪の成功譚として読めば「ふむふむ、そうなのか、やはり大物は違うな」という感想で片付けられる話かもしれません。しかし大事なのは、村上も「普通の人」だったということです。専業作家に転身する前は、小さな店を立ち上げ、オーナーではあっても開店から閉店まで忙しく働く労働者でした。何が村上を大作家にしたのか。もちろん生まれつきの書く才能もあったのかもしれませんが、決定的だったのは村上の「橋を焼く」決意とそれを実行した行動力でした。彼の才能も、この決意と行動がなければここまで発揮されることはなかったでしょう。

私たちの多くは成功者の経験談を、どこか遠くに住む類稀《たぐいまれ》なる才能の持ち主の話として聞きがちです。あの人は才能があったから、恵まれていたから、裕福だったから、だから成功したのだと。自分にはそれほど特別な才能も恵まれた環境もないから、平凡な人生を無難に送るしかないのだと。しかし村上の例を見れば、作家になれるからなったのではなく、なると決めたからなったのだとわかります。才能があるかどうかへの懸念もありません。ただやると決め、「橋を焼いて」、躊躇《ためら》わせるものから自分を強制的に切り離したのです。

プロスポーツ選手などは確かに才能の持ち主でしょう。でも彼らは才能があったからという理由だけでオリンピックや世界大会に出場できたのではありません。そこに行くまでに必要な訓練を重ね、覚悟を実践し続けた結果です。どんな才能も磨かなければ光りません。光らなければ才能はそもそもなかったことになってしまいます。必要なプロセスを経てスタート地点に立つことをしなければ、ゴールを目指すこともできません。

「とにかく自分のやりたいことを、やりたいようにやっていこう」

村上の覚悟の強さの背景には、人生をとことん楽しもうとする強い意識がありました。

人生はたった一度しかないんだから、とにかく自分のやりたいことを、やりたいようにやっていこうと最初から腹を決めていました。

（『職業としての小説家』106頁）

やりたいことをやりたいようにやるという、当たり前と思えることを実際に実行している人たちはこの世界にどれほどいるでしょうか。多くの人は「やりたいこと」ではなく、「やらなければならないこと」を優先します。大人にとって「やらなければならないこと」というのは、主に安定収入の確保です。十分な収入を得られる職業に就き、その余暇を使って「やりたいこと」をやる、これが多くの人々の生活スタイルであり、一般に「正しい」とされる人生の過ごし方です。

大人は「大きな夢を持て」と子どもを励ましながら、「大きな夢」に進もうとする若者に対しては「現実的になれ」と呼び止めます。村上も例外ではありませんでしたが、「親切に」引き止める周囲の人々に従わず、心が求めるものに正直に生きることを決めました。

小説家になることを決めてから孤独な道を突き進む村上ですが、社会の「常識」というものさしを捨てた今、頼ろうとしたのは自分の中の「北極星」だったと言います。

どういう小説を自分が書きたいか、その概略は最初からかなりはっきりしていました。

〔中略〕そのイメージがいつも空の真上に、北極星みたいに光って浮かんでいたわけです。何かあれば、ただ頭上を見上げればよかった。そうすれば自分の今の立ち位置や、進むべき方向がよくわかりました。

（同97頁）

村上の独特な文体や物語は多くの批判の対象となり、村上は黙って孤立無援で耐えてきたような印象があります。そんな孤独な日々を支え続けたのが自分の「北極星」を信じることだったのでしょう。

村上のその後の成功を知っている私たちからすれば、村上には結局、才能があったし、運も味方していた、と見ることも可能でしょう。しかし、初期作品から読み続けている読者なら気づくと思いますが、村上は最初から『ねじまき鳥クロニクル』や『海辺のカフカ』や『1Q84』のような長編大作が書けたわけではありません。創作を重ねるごとに、作者が積み重ねた努力と経験の大きさが滲み出ているのがわかります。大作の誕生は、村上の行動力の成果だということです。

メカニズムとしては単純なことです。多くの人が「できるのかな」と懸念して躊躇している時間を、村上はただ「やる」につぎ込んだのです。これが、多くの人にとっては簡単なことではないのです。

「心配することに時間を使いすぎた」

ハーバード大学に人間の幸福について八十年近く研究を続ける研究所（成人発達研究所）があります。その調査によると、晩年を迎えた被験者が「人生でほどほどにしておけばよかったなと思うことは？」という質問に対して、多くが「心配することに時間を使いすぎたこと」と答えたそうです（ロバート・ウォールディンガー&マーク・シュルツ『グッド・ライフ』）。被験者の多くが「心配することに時間を使いすぎた」と答えたということは、心配したことは実際ほとんど起きなかった、ということです。

多くの人は安定した職を手放すことに対する恐怖を強く抱きますが、想像するほど恐ろしいことはなかなか起きません。新しく挑戦したことがうまくいかなければ、人は適宜賢く軌道修正して収入源を絶やさないようにするからです。たとえ村上の小説がこれほど売れなかったとして、はたして村上は餓死したでしょうか。金利の高い借金を背負って、取り立て屋から逃げるような生き方をしたでしょうか。そうではなくて、やりたいことは続けながら、現実的な判断のもと、生活に必要な最低限の収入は別の形で確保する道を選んだのではないでしょうか。現実は想像するほど恐ろしくありません。また人間も、これほど物に溢れた時代においては、そうそう餓死することはありません。どんな人間もすさまじい底力を持っています。しかしその力は覚悟を決めた人間でなければ発揮できません。「好き」を形にするために手段を選ばない覚悟があれば、それに必要な行動が伴い、周囲の助力も含めて、自然とその人を支える流れができていくのです。

　村上は小説家を目指す若者に向けて、まずたくさん本を読むことを勧めています。そしてこれを「オムレツを作るためにはまず卵を割らなくてはならない」(『職業としての小説家』120頁)のと同じくらい当たり前のことだと言います。変化を作り出すには、まず行動しなければいけないのは当然です。卵を割らなければオムレツは作れない。小説を書かなければ小説家にはなれない。やりたいことがあるなら、まず実行しなければ、実現しないのです。

　一人の勇気ある行動が、その後獲得する何百万、何千万という読者を動かし、さらに国境を越えて多くの人の心を振動させました。これは村上に限った話ではありません。これまで日本や世界に名を馳せてきた多くの「成功者」と言われる影響者《インフルエンサー》は、その行動力の結果、成功への切符を手に入れたのです。スティーブ・ジョブズも名言を残しています。

Have the courage to follow your heart and intuition.（心と直感に従う勇気を持ちなさい。）

心と直感に従うことには勇気が要ります。理性がたくさんの「もしも」という恐怖や不安を連れてくるからです。村上も自分の心と直感に正直に行動し、そして結果が出ました。

オムレツを作るためにまず卵を割る。店を捨てると決めたときの村上にとっては、ただそれだけのことだったのかもしれません。しかしその勇気によって、世界の人々にたくさんの喜びがもたらされることになりました。

あなたの自由を縛る〝亡霊〟は、まだ起こっていない未来の不幸を耳元で囁《ささや》く「親切な人たち」かもしれません。村上はそれらの〝亡霊〟に耳を傾けず、直感に従う自由を行使した結果、好きなことに没頭する人生で成功することができました。

大胆な転換が必要とされる時期が、おそらく誰の人生にもあります。そういうポイントがやってきたら、素速くその尻尾《しっぽ》を摑《つか》まなくてはなりません。しっかりと堅く握って、二度と離してはならない。

（『騎士団長殺し』第一部上巻203頁）

2 情報という「荷物」を下ろす

「それをしているとき、あなたは楽しい気持ちになれますか？」

情報が溢れる社会に生きていると、情報の取捨選択が難しくなります。スマートフォンひとつあれば、あらゆる情報が検索できます。遠くの国の首相の出身大学でも、他県の商業施設の営業時間でも、今日の成田空港の運行状況でも、テレビの配線方法でも、おいしい炊き込みご飯の作り方でも、知るには数分も要しません。情報の量においては秀でた時代ですが、それほど多くの情報に晒されることは、人間にとって必ずしも良いことばかりではありません。

情報が多いということはそれだけ選択肢が増え、賢く選ぶことが求められますが、これは簡単なことではありません。選ぶ基準を作るところから始めなければならないからです。基準とは、情報を判断する自分の中の軸のことです。軸がなければ、どの情報も正しく思えて、四方八方からの声にひとつひとつ耳を傾けねばならず、今の自分に本当に必要な情報を選び出すことができません。
　このような時代に、村上は足し算より引き算の方が大切だと言います。村上が小説を書き始めたとき、自分の文体を作り上げるためにしたことは、自分の中に積み上げられていた「荷物」を下ろすことだったと言います。

〔前略〕自分のオリジナルの文体なり話法なりを見つけ出すには、まず出発点として「自分に何かを加算していく」よりはむしろ、「自分から何かをマイナスしていく」という作業が必要とされるみたいです。考えてみれば、僕らは生きていく過程であまりに多くのものごとを抱え込んでしまっているようです。情報過多というか、荷物が多すぎるというか、与えられた細かい選択肢があまりに多すぎて、自己表現みたいなことをしようと試みるとき、それらのコンテンツがしばしばクラッシュを起こし、時としてエンジン・ストール〔引用者注：エンスト〕みたいな状態に陥ってしまいます。そして身動きがとれなくなってしまう。とすれば、とりあえず必要のないコンテンツをゴミ箱に放り込んで、情報系統をすっきりさせてしまえば、頭の中はもっと自由に行き来できるようになるはずです。
　それでは、何がどうしても必要で、何がそれほど必要でないか、あるいはまったく不要であるかを、どのように見極めていけばいいのか？
　これも自分自身の経験から言いますと、すごく単純な話ですが、「それをしているとき、あなたは楽しい気持ちになれますか？」というのがひとつの基準になるだろうと思います。もしあなたが何か自分にとって重要だと思える行為に従事していて、もしそこに自然発生的な楽しさや喜びを見出すことができなければ、それをやりながら胸がわくわくしてこなければ、そこには何か間違ったもの、不調和なものがあるということになりそうです。そういうときはもう一度最初に戻って、楽しさを邪魔している余分な部分、不自然な要素を、片端から放り出していかなくてはなりません。

（『職業としての小説家』107―109頁、傍線引用者）

多すぎる「荷物」は自己表現の試みを邪魔します。村上は小説を書く作業に関して積み上げられていた言説、つまり「小説とはこういうものだ」「こういうテーマが好ましい」「こういう文体が好ましい」、など、社会で多くの人に認知されていた信念のようなものを放り出すことで、自己表現に相応しい文体を見つけることができました。

「正しい」から「楽しい」へ

村上のこの文体探しのエピソードは、私たちの生活にも応用できます。私たちが生きる上でこれらの「荷物」を抱えることは避けられません。何をするにも、生活の一面一面に「こうあるべき」という共通認識があります。その共通認識から外れると、ルール違反の車を追いかけるパトカーのように、誰かがサイレンを鳴らして注意をしにやってきます。「そろそろ結婚した方がいいよ」「家は早く買った方がいいよ」「子供のために学資保険に入りなさい」「ギャンブルはしないでコツコツ貯蓄しなさい」「お酒とたばこは控えなさい」などなど……。

「荷物」に支えられた日常の中で、自己表現を試みるのは難しいということです。しかし「荷物下ろし」をした村上が結果的に多くの読者を獲得したことは、この「荷物」の価値について根本的に検討する余地があることを示してはいないでしょうか。

多くの読者を魅了した、または多くの読者が読みたいと求めた村上の物語は、「それをしているとき、あなたは楽しい気持ちになれますか？」と作家が自分に問うことで湧き出てきた物語です。自分が楽しいと思うことに専念した結果、多くの人をワクワクさせるエネルギーが引き出されたのです。楽しいと思うことにエネルギーを注ぐことで、得意分野に気づけたとも言えます。

私たちの多くは、人生の選択を求められた時、楽しいかどうかを基準にすることはありません。社会が与えてくれる「荷物」を基準に決めます。それは多くの場合、「安定」「安全」「安心」の「三安《あん》」に支えられています。この「三安」の価値を高めるのは「もしも」という未来への不安です。まだ起こっていない、起こるかもわからない、「もしも」を基準に人生設計はなされるのです。

もしも火事になったら、大地震が来たら、がんになったら、家族が急逝したら、車で事故を起こしたら——そんなとき保険に入っておけば「安心」ですよ、景気が悪いときは「安定」収入を得られる職種に就くのが「安全」ですよ、職場に馴染めなくても、仕事内容を好きになれなくても、疲労とストレスで体調を崩しても、やめない方が「安心」ですよ……。このような、社会や大人からの「囁き」によって、多くの人々は「三安」を手放すことではなく、現状維持を選びます。そんな私たちに村上は言うでしょう。「それをしているとき、あなたは楽しい気持ちになれますか？」

「三安」を手放すことは多くの人にとって決して簡単ではありません。しかし幸せのために求めた「三安」が本当に自身の幸福につながっているかについては、一度立ち止まって考えてみてもいいのではないでしょうか。

荷物を下ろす自由が自分にはあると知ったとき、「正しい」生き方を諦めて「楽しい」生き方に切り替えたとき、自分の進むべき道が見えてくることを村上は教えてくれます。

3　集中力をいかに高めるか

生産性の基盤となる健康と集中力

村上は「小説を書くことについての多くを、道路を毎朝走ることから学んできた」（『走ることについて語るときに僕の語ること』二〇〇七年、122頁）と言います。村上はランナーです。ジョギングを日課にし、世界各地のフルマラソンに何度も参加しています。走ることは自分の「生命線」とまで言う彼ですが、毎日走り続けることはもちろん簡単なことではありません。忍耐力が必要です。村上は経営していたバーを閉め、小説家を本職として生きていくことを決めた時に走り始めたと言います。長編小説を書くには、長距離を走ることと同じくらいの忍耐力と持久力が必要だと判断したためです。

『走ることについて語るときに僕の語ること』（以下『走ることについて』）というエッセイ集で、村上は毎日、朝の三時間から四時間を集中して机に向かい、その他の時間は走ったり、読書をしたり、音楽を聞くことにあてると言います（『職業としての小説家』155頁では、「四時間か五時間、机に向かいます」と話します）。そんなに短い時間しか働かないの？と驚かれるでしょう。一日八時間労働に慣れている現代人にとって、三、四時間の執筆時間という村上の働き方を贅沢に感じるかもしれません。

村上は、生産性に必要なものは健康と集中力だと言います。多くの人は普段、健康を意識せず、不具合を生じた時のみ修復を試みようとしますが、機械と同様、日々適切に管理することが身体にも必要です。使い過ぎれば身体は休息を求めて信号を出します。村上は「たとえ豊かな才能があったとしても、いくら頭の中に小説的アイデアが充ち満ちていたとしても、もし（たとえば）虫歯がひどく痛み続けていたら、その作家はたぶん何も書けないのではないか」（『走ることについて』116頁）と言います。せっかくの能力も身体が健康でなければ発揮されないのです。より良いものを書くために、そしてできるだけ長く書き続けられるように、村上は身体を日々大切に管理しています。

走ることを通して村上は持久力も向上させます。一日三、四時間と短く思われる時間であっても、その間感覚を研ぎ澄ませて書き続けるにはかなりの集中力が必要です。長編小説を書き上げるときには、数年間この日課を続けます。容易なことではありません。

このような能力（集中力と持続力）はありがたいことに才能の場合と違って、トレーニングによって後天的に獲得し、その資質を向上させていくことができる。〔中略〕これは前に書いた筋肉の調教作業に似ている。〔中略〕日々ジョギングを続けることによって、筋肉を強化し、ランナーとしての体型を作り上げていくのと同じ種類の作業である。刺激し、持続する。刺激し、持続する。この作業にはもちろん我慢が必要である。しかしそれだけの見返りはある。

（『走ることについて』117―118頁）

集中力と持続力は時に、才能以上に必要なものであることを村上は教えてくれます。

「有効に自分を燃焼させていく」

集中するとは「今」に意識を置き続ける作業であり、集中力とはそれを継続させる力です。人間の思考はただでさえコントロールが難しいものですが、現代人の生きる環境はさらにそれを難しくしています。長時間に及ぶ学習や就労に加え、週末は習い事や娯楽や旅行で予定が詰まっています。子育て世帯であれば家に帰っても家事に忙殺されます。忙しすぎるのです。さらには、情報の多さが思考の動きを休めようとしません。スマートフォンの便利さは疑いようのないものですが、速報、SNSからのお知らせ、メッセージが届いたという通知が届くたびに集中力は途切れます。

とにかく現代は、「今、ここ」に集中することが困難な時代です。一方、心の穏やかさとは「今、ここ」に集中することで得られます。「今、ここ」に集中しているとき、人は恐怖や不安に支配されていないからです。

あらゆる恐怖や不安の原因は外部から来ます。それは、今、この瞬間の豊かさを否定します。そしてまだ起きていない、起こるかも確かでない「良くない未来」について想像させます。このようにして私たちは知らず知らずのうちに、やりたいことをやることより、安全対策を優先するようになるのです。逆に言えば、恐怖や不安に支配されていない時でなければ、私たちは自分が本当にやりたいことや好きなことに挑戦してみようという気持ちを持てないのです。

村上は、好きなことに取り組むことの大切さについて次のように言います。

人間というのは、好きなことは自然に続けられるし、好きではないことは続けられないようにできている。そこには意志みたいなものも、少しくらいは関係しているだろう。しかしどんなに意志が強い人でも、どんなに負けず嫌いな人でも、意に染まないことを長く続けることはできない。またたとえできたとしても、かえって身体によくないはずだ。

（『走ることについて』70―71頁）

好きなことだけをして生きていくことは決して簡単なことではありませんが、「身体によくない」生き方は長く続けられません。

自分が望む生き方を優先してきた村上は、好きなことを続けることの合理性をよく理解しています。好きなことは長く続けられるため、その分能力も伸びやすいのです。

村上は言います。

与えられた個々人の限界の中で、少しでも有効に自分を燃焼させていくこと、それがランニングというものの本質だし、それはまた生きることの（そして僕にとってはまた書くことの）メタファーでもあるのだ。（同123頁）

「有効に自分を燃焼させていく」と聞くと、効率重視社会の基準に合わせた生き方に聞こえるかもしれませんが、そうではありません。自らの才能や能力を発揮し、それが結果となって現れるとき、人は自己肯定感を高めたり、生きる喜びを感じたりします。つまり「有効に自分を燃焼させていく」と、生きることが楽しくなってくるのです。才能や能力は好きなことをしている時にこそ伸びます。だからこそ、好きなことを行動に移すことを自分に許し、「今、ここ」に集中して能力を発揮しやすい環境を用意することが大切なのです。

自分の能力の足りなさを嘆きながら生きる人生に自由はありません。不足ばかり意識していると、人は狭い箱の中に自分の能力を押し込めるようになるからです。能力を発揮できる環境にこそ、自由を感じられる土壌があります。村上はこのように、集中力と持続力を鍛えることが、自由な生き方の実現を支えると教えてくれます。

第四章　『ノルウェイの森』と『1Q84』

――ベストセラーの〝謎〟を解く

1 自己否定が自由を奪う——『ノルウェイの森』

村上春樹を大ベストセラー作家に押し上げた作品といえば、一九八七年に刊行された『ノルウェイの森』です。国内だけで、上下巻合わせて一千三百万部が発行され、映画化によって海外でも認知度の高い作品です。一方で、批評家や読者からは、死者が多すぎる、性描写が多すぎるという意見があるなど、内容に対しては批判が多い作品でもあります。

舞台は一九六八年、学生運動が盛り上がりを見せている頃で、主人公のワタナベトオルは神戸から上京した学生として東京の大学で勉強しています。高校時代の知り合いである直子に偶然再会し、その後は恋愛関係に発展します。しかし長年患っていた精神的な病により、直子は大学を休学し、京都にある療養所に移ります。療養所に通い、直子の支えになろうとするワタナベですが、直子の自殺によってその後喪失感に苦しむことになります。直子が京都に去ってから、ワタナベはクラスメートの緑と親しくなり、距離を縮めていきます。直子の死後、緑との関係を深めていくかに思えるワタナベですが、結末を曖昧にしたまま、小説は突然閉じられます。

帰ってこない語り手

この作品のほとんどは二十歳の主人公の視点から語られますが、第一章にのみ三十七歳の主人公が登場します。つまり現在の主人公です。三十七歳のワタナベはボーイング747の機内で飛行機がドイツに着陸するのを待っています。そして着陸した機内でBGMが流れると同時に、ひどい眩暈を感じます。

〔前略〕それはどこかのオーケストラが甘く演奏するビートルズの「ノルウェイの森」だった。そしてそのメロディーはいつものように僕を混乱させた。いや、いつもとは比べものにならないくらい激しく僕を混乱させ揺り動かした。
僕は頭がはりさけてしまわないように身をかがめて両手で顔を覆い、そのままじっとしていた。
（『ノルウェイの森』上巻7―8頁）

ビートルズの「ノルウェイの森」は、ワタナベが直子と一緒によく聴いた曲でした。飛行機での場面から、直子の死後、ワタナベはこの曲が耳に入る度に過去の傷を思い出していたことが推測されます。しかし今回は「いつもとは比べものにならないくらい激しく」ワタナベを揺さぶります。

十七年前に亡くなった直子の顔は、時間が経つにつれてどんどん薄れていきます。

そう、僕の記憶は直子の立っていた場所から確実に遠ざかりつつあるのだ。ちょうど僕がかつての僕自身が立っていた場所から確実に遠ざかりつつあるように。そして風景だけが、その十月の草原の風景だけが、まるで映画の中の象徴的なシーンみたいにくりかえしくりかえし僕の頭の中に浮かんでくる。そしてその風景は僕の頭のある部分を執拗に蹴りつづけている。おい、起きろ、俺はまだここにいるんだぞ、起きろ、起きて理解しろ、どうして俺がまだここにいるのかというその理由を。（同12頁）

直子のことを思い出すとき、ワタナベはいつもある草原の風景を思い出します。そしてその記憶はワタナベに「起きろ」と訴えます。「起きろ」という訴えから、ワタナベが眠り続けている、つまり向き合うべき事柄から目を背け続けているということがわかります。そして背け続けているがゆえに、「まだここにいる」、つまり居続けてはいけないところから動けずにいるのです。
記憶の中の直子は「私のことを覚えていてほしいの」（同20頁）とワタナベに頼みます。その約束を守るため、ワタナベは薄れゆく記憶を集めて文章に残そうとします。

しかし何はともあれ、今のところはそれが僕の手に入れられるものの全てなのだ。既に薄らいでしまい、そして今も刻一刻と薄らいでいくその不完全な記憶をしっかり胸に抱きかかえ、骨でもしゃぶるような気持で僕はこの文章を書きつづけている。直子との約束を守るためにはこうする以外に何の方法もないのだ。（同22頁）

「直子との約束を守るため」に「この文章を書きつづけ」るという試みは今回が初めてではなく、「記憶がずっと鮮明だったころ」にも直子について書こうとして断念していたことを、ワタナベは吐露します。その時は、「全てがあまりにもくっきりとしすぎていて、どこから手をつければいいのかがわからなかった」からだと。しかし「直子に関する記憶が僕の中で薄らいでいけばいくほど、僕はより深く彼女を理解することができるようになったと思う」（同22頁）と言います。つまり、記憶が薄れることによって、彼女について書く自信が湧いてきたと言うのです。

　このようにして第二章からは、ワタナベと直子が二十歳だった頃に時間が戻り、回想が始まります。ここで大切なのは、ワタナベが約束を守るために直子の記憶の語り直しを試みるのですが、その裏には、執拗にせき立ててくる「起きろ」という心の声があるということです。繰り返し頭を蹴り続けてくる何かから解放されたいという願いが含まれているということです。

　回想ものの小説というのは、小説の初めに現在の語り手が登場し、過去の語り手に視点が移り、そして最後に現在の語り手に戻ってくるという手法が一般的です。しかし『ノルウェイの森』においては、三十七歳の語り手は最後まで戻ってきません。作品は、直子と東京で過ごしたこと、直子が移った療養所をワタナベが訪れたこと、また直子が不在の間に出会った緑との関係、そして直子の自殺を知った後にワタナベが悲しみを癒すために旅に出ることなどが描かれます。

　最終章では、療養所で直子とルームメイトであったレイコが東京のワタナベを訪れ、直子との思い出を語り、ワタナベは緑と幸せになりなさい、とアドバイスします。レイコと別れるとすぐにワタナベは緑に電話をかけ、会いたいと伝えます。

僕は緑に電話をかけ、君とどうしても話がしたいんだ。話すことがいっぱいある。話さなくちゃいけないことがいっぱいある。世界中に君以外に求めるものは何もない。君と会って話したい。何もかもを君と二人で最初から始めたい、と言った。〔中略〕それからやがて緑が口を開いた。「あなた、今どこにいるの？」と彼女は静かな声で言った。

僕は今どこにいるのだ？

僕は受話器を持ったまま顔を上げ、電話ボックスのまわりをぐるりと見まわしてみた。僕は今どこにいるのだ？　でもそこがどこなのか僕にはわからなかった。見当もつかなかった。いったいここはどこなんだ？　僕の目にうつるのはいずこへともなく歩きすぎていく無数の人々の姿だけだった。僕はどこでもない場所のまん中から緑を呼びつづけていた。

（『ノルウェイの森』下巻292―293頁、強調原文）

この場面を最後に作品は閉じられます。三十七歳の主人公は作品に戻ってきません。このように『ノルウェイの森』は、語り出した語り手が戻って来ないという、不完全な回想物語としての構造をもっているのです。

ところで、最終場面で繰り返される「僕は今どこにいるのだ？」という言葉は何を意味しているのでしょうか。「君とどうしても話がしたい」というワタナベの呼びかけに対して、緑は「あなた、今どこにいるの？」と聞き返します。緑にとっては、今から会いに行きたいから、「今どこにいるの？」と尋ねたのかもしれません。しかし、ワタナベは、自分という存在の立ち位置を聞かれているように感じます。

緑に問われて、ワタナベは答えることができません。むしろ緑の問いによって、自らの立ち位置をつかめていない自分を自覚させられているかのようです。このように『ノルウェイの森』は、今抱えている問題を解決しようとして過去を語り直そうとした結果、さらに問題が深まり、解決の目処が立たなくなってしまったという話なのです。

意図的に語り直すワタナベ

記憶について、村上は『アンダーグラウンド』の後書きで次のような指摘をしています。

ある精神科医が述べているように、「人間の記憶というものは、あくまでひとつの出来事の〈個人的な解釈〉に過ぎない」と定義することもできる。たとえば記憶という装置をとおして、我々はときとしてひとつの体験をわかりやすく改編する。不都合な部分を省き捨てる。前後を逆にする。不鮮明な部分を補う。自分の記憶と他者の記憶とを混同し、必要に応じて入れ換える。そのような作業を我々はごく自然に、無意識的に行ってしまうことがある。

　極端な言い方をすれば、「我々は自分の体験の記憶を多かれ少なかれ物語化するのだ」ということになるのかもしれない。（『アンダーグラウンド』755頁）

地下鉄サリン事件の被害者にインタビューするに際し、村上は彼らの語る事件当日の話が「あくまで記憶」（同755頁）であることに意識的だったと言います。しかし、改編された可能性があることと、嘘であることは同義ではないとも言います。

「語られた話」の事実性は、あるいは精密な意味での事実性とは異なっているかもしれない。しかしそれは「嘘である」ということと同義ではない。それは「別のかたち」をとった、ひとつの紛れもない真実なのだ。（同756頁）

記憶、つまり「語られた話」というものと事実は異なるかもしれないが、異なったとしてもそれは「「別のかたち」をとった、ひとつの紛れもない真実」である、という姿勢を村上は持っていることがわかります。この理解をもとに『ノルウェイの森』における回想の意味を考えてみようと思います。

飛行機の中で「起きろ」という心の声に頭を抱えながら、ワタナベには草原で直子と過ごした記憶がフラッシュバックしてきます。思い出の中で直子はワタナベに、ある深い井戸の話をします。その井戸はどこにあるのか特定できず、しかし時々誰かが落ちて井戸の底で時間をかけて死ぬのだと説明します。井戸というのは、直子の精神状態の比喩として語られていると考えられます。どこにあるかわからないから用心しようがない。そんな井戸にいつ落ちるかわからない強い不安を抱えて生きているという直子の状況が窺えます。

ワタナベに体を寄せながら、直子が「こうしてあなたにくっついている限り」(『ノルウェイの森』上巻15頁)その井戸には落ちないと言うと、ワタナベは「じゃあ話は簡単だ。ずっとこうしてりゃいいんじゃないか」(同16頁)と提案します。それに対して直子が、四六時中自分を見守ることは不可能だと言い返すと、ワタナベは「これが一生つづくわけじゃないんだ」、「もっと肩の力を抜きなよ。肩に力が入ってるから、そんな風に構えて物事を見ちゃうんだ」（同18頁）と言い返します。

するとおそろしく乾いた声で」直子は言います。


「どうしてそんなこと言うの？」（中略）「肩の力を抜けば体が軽くなることくらい私にもわかっているわよ。そんなこと言ってもらったって何の役にも立たないのよ。ねえ、いい？　もし私が今肩の力を抜いたら、私バラバラになっちゃうのよ。私は昔からこういう風にしてしか生きてこなかったし、今でもそういう風にしてしか生きていけないのよ。一度力を抜いたらもうもとには戻れないのよ。私はバラバラになって──どこかに吹きとばされてしまうのよ。どうしてそれがわからないの？　それがわからないで、どうして私の面倒をみるなんて言うことができるの？」

「私はあなたが考えているよりずっと深く混乱しているのよ。暗くて、冷たくて、混乱していて……ねえ、どうしてあなたあのとき私と寝たりしたのよ？　どうして私を放っておいてくれなかったのよ？」

（同18―19頁）

直子の憤りは、ワタナベの無知に向けられています。直子にとって自分の病は回復の兆しもなく、常に肩に力を入れていないと吹き飛ばされてしまうと言うほど自分を無力に感じています。しかし、ワタナベはその病の深刻さへの理解もなく直子の人生に入り込み、表面的な慰めで自分を救えると思っている。そう感じ、ワタナベに失望する様子が直子の言葉から窺えます。

このフラッシュバックに映し出された草原の場面は、小説の第六章で、つまり回想物語の中で再度登場します。療養所の近くの草原を散歩しながら、直子は「私のことをいつまでも覚えていて」とワタナベに対して第一章と同義の台詞を口にします。またワタナベの「君は怯えすぎてるんだ」「それさえ忘れれば君はきっと回復するよ」（同300頁）のような、相手の傷の深さに対する理解に欠ける発言も、第一章と共通しています。

しかし第一章と大きく異なるのは、第六章において直子はワタナベの言葉に感情的に反応しないというところです。忘れるべきだというワタナベに、「忘れることができればね」（同頁）と、一緒に暮らさないかという誘いにも「そうすることができたら素敵でしょうね」（同301頁）と冷静に答えます。

この差異について、先ほどの村上の『アンダーグラウンド』での言葉を参考にして考えると、回想という記憶の語り直しを通して、現在のワタナベの〈個人的な解釈〉が加えられ、「ひとつの体験をわかりやすく改編」していると考えられます。特にワタナベの場合、過去の記憶からの解放という目的が回想という行為に含まれていたため、その目的に沿うような改編が加えられていると推測できます。

意図を持った語り直しが第六章の草原での場面であるのに対し、第一章での草原の場面はフラッシュバックです。フラッシュバックにしても語り直した記憶にしても、どちらも「ひとつの紛れもない真実」と捉えられます。

フラッシュバックは、その記憶が「今」どのように記憶され、「今」どのような影響を本人に与えているかという「真実」を伝えてくれます。実際に二十歳のときにワタナベが草原で直子に感情的に責められたのかどうかはわかりません。重要なのは、三十七歳のワタナベが過去を思い出すときに現れるのが、自分を責める恋人の姿だということです。過去に直子を怒らせたのかどうかということではなく、「今」のワタナベが強い罪悪感を覚えているということです。その「今」の心情をフラッシュバックによって気づくよう促されているということです。

一方、回想を通してワタナベは意図的に記憶を整理しようと試みます。その語り直しの中で、直子は彼を責めようとはしません。フラッシュバックで見た〈責められる自分〉、つまり〈罪を犯した自分〉を別の記憶で上書きしようとする意図が窺えます。この責任を逃れようとする意図は、第一章の終わりにも見られます。

どうして自分を理解してくれないのか、と自分を責める直子の映像がフラッシュバックで映された後で、三十七歳のワタナベは直子との約束を果たすべく、直子についての記憶を文章に起こすよう決めるという流れは先ほど説明した通りです。そして三十七歳のワタナベは次のように語って第一章を閉じます。

〔前略〕もちろん直子は知っていたのだ。僕の中で彼女に関する記憶がいつか薄らいでいくであろうということを。だからこそ彼女は僕に向って訴えかけねばならなかったのだ。「私のことをいつまでも忘れないで。私が存在していたことを覚えていて」と。

そう考えると僕はたまらなく哀しい。何故なら直子は僕のことを愛してさえいなかったからだ。

（同22―23頁）

「直子は僕のことを愛してさえいなかった」という唐突な宣言に読者は驚かされるでしょう。自分に対する理解が足りないと相手を責める直子の様子は、ワタナベに対する明らかな愛情表現と捉えられるからです。むしろこの唐突に付け加えたような、〈自分を愛していない直子〉という人物像は、ワタナベの〈そうであって欲しかった〉という願望の表れであると考えられます。直子が自分をそもそも愛していなかったのであれば、罪を感じずに済むからです。

このように、記憶の語り直しの背景には、ワタナベの罪から逃れたい願望が隠れています。つまり頭を蹴り続ける過去の映像から逃れるために、三十七歳の語り手は罪を犯した自分をいなかったことにする、という方法を選んだのです。

なぜ「僕は今どこにいるのだ?」と問うのか

この長編小説の全体の物語まで読み込むことはしませんが、重要なことは、先述したように、記憶の語り直しをした結果、最終章で「あなた、今どこにいるの?」という緑からの問いにワタナベが答えられないということです。

「おい、起きろ、俺はまだここにいるんだぞ、起きろ、起きて理解しろ、どうして俺がまだここにいるのかというその理由を」。この課題に取り組むためにワタナベは記憶の語り直しを試みました。しかし、その作業の後で、三十七歳のワタナベは救われません。「まだここにいる」という言葉には、〈ここにいてはいけない〉という思いが隠れています。しかし、長い記憶を書き上げてもなおワタナベは自分が「今どこにいる」のかわからないのです。むしろ語り直しを試みる前より混乱しているようにも見えます。

最終章で緑に電話をかける前日に、ワナタベは訪ねてきたレイコと直子の思い出話をします。そこでワタナベは直子を最後まで支えられなかった自分が許せないと言います。

僕自身の問題なんです。たぶん僕が途中で放り出さなくても結果は同じだったと思います。直子はやはり死を選んでいただろうと思います。でもそれとは関係なく、僕は自分自身に許しがたいものを感じるんです。

（『ノルウェイの森』下巻281頁）

それに対し、レイコは次のように言います。

あなたがもし直子の死に対して何か痛みのようなものを感じるのなら、あなたはその痛みを残りの人生をとおしてずっと感じつづけなさい。そしてもし学べるものなら、そこから何かを学びなさい。でもそれとは別に緑さんと二人で幸せになりなさい。あなたの痛みは緑さんとは関係ないものなのよ。これ以上彼女を傷つけたりしたら、もうとりかえしのつかないことになるわよ。だから辛いだろうけれど強くなりなさい。もっと成長して大人になりなさい。

（同281―282頁）

直子を失った痛みを感じ続け、そこから何かを学ぶこと、そしてこれからは緑との幸せを優先すること。これがレイコのワタナベへのアドバイスです。レイコは直子の死をただ悲しむのではなく、学びにつなげるよう促します。悲しい思い出としてのみ記憶するのではなく、その経験を成長の糧として活かすよう提案するのです。

これに対し、三十七歳のワタナベが語り直しを通して試みたことは、〈自分を責める直子〉を〈自分を責めない直子〉に書き換えることでした。それは過去と向き合うというより、あったことをなかったことにしようとする試みでした。しかしその語り直しを通して加害者意識から逃れることはできませんでした。「自分自身に許しがたいものを感じる」と話す二十歳のワタナベは、現在の三十七歳のワタナベの気持ちを代弁していると言えるでしょう。

加害者意識に苦しむ状態とは、記憶の犠牲者になっている状態です。過去に翻弄され続ける無力な自分を認め続ける状態です。対して、レイコは、その悲しみを経験した自分を受け入れ、未来の糧にするようアドバイスします。経験した自分を否定するのではなく肯定して受け入れるのです。

自己否定を止められないワタナベは、記憶を書き換えることで解決を探しますが、最終場面が物語るように、さらに混乱がひどくなった自分に気づいて作品は終了します。さらには第一章で三十七歳のワタナベがひとりで飛行機に乗っていることから、緑との関係も結果的に不毛に終わったということが示唆されています。

人は自分が信じる物語の中で生きています。物語というのは信念とも言えるものです。自己否定を抱え続ければ、過去の傷から回復できない弱い自分を認め続けることになります。そこでどれほど過去の記憶を書き換えようと語り直したところで、自分に対する理解(つまり弱い自分、受け身の自分という自己像)が変わらなければ、問題は解決に向かいません。むしろ記憶は薄れているにもかかわらず、傷は深まるばかりです。

自己否定とは自分のコントロールを放棄している状態でもあります。それは自分とは外部の何かにいつも翻弄される存在であると認める状態です。前に進もうとする自分を妨げる存在です。そこに自由はありません。自由とは自分への信頼を前提とします。これまでに重ねた経験の上に立つ自分という存在を肯定することで、自分への信頼は生まれます。信頼がなければ、過去を乗り越えられる自分への自信も育ちません。『ノルウェイの森』は、現代の語り手が戻ってこないという設定を通して、自分への信頼を失うことの不自由さに気づかせてくれる作品だと言えます。

2　善悪二元論が自由を奪う──『1Q84』

組織の存続を目的とする「リトル・ピープル」

オウム真理教の事件についてのノンフィクション作品『アンダーグラウンド』と『約束された場所で』を発表した後、村上春樹は長編小説『1Q84』（BOOK1とBOOK2を二〇〇九年に、BOOK3を二〇一〇年に発表）において、オウム真理教を思わせる宗教団体「さきがけ」を登場させます。「さきがけ」の描写を通して、村上は善悪の二元論で語られがちであったオウム真理教とその事件に対する疑問を呈します。

舞台は一九八四年の東京。二十九歳の青豆と、その小学校時代の同級生である天吾の二人が奇数章と偶数章にそれぞれ主人公として登場し、物語を展開させていきます。青豆は女性版「必殺仕事人」とも言える存在で、DVに苦しむ女性からの依頼を受けて、そのパートナーを殺害するという仕事をこなします。青豆と天吾は小学校時代から恋心を持って互いを意識していますが、青豆の転校以降、二人が再会する機会はありません。しかし二人は互いを思い続け、いつか再会できることを夢見ています。

青豆はいつも、七十代半ばの「女主人」から指示を受けて犯行現場に向かいます。「女主人」は、女性のためのシェルターを運営しており、女性に暴力をふるう男を罰する目的で青豆に仕事を依頼します。殺し方は首の裏にある急所を極細のアイスピックで跡が残らないほど軽く刺すという方法です。この方法によって、他殺と認められる痕跡は残らず、自殺や心臓発作による死因であると片付けられます。

ある時、青豆は「女主人」からこれまでで一番危険な依頼を受けます。それは「さきがけ」の「リーダー」を殺害することでした。「リーダー」は幼い少女に対する性暴力の疑いがあり、その被害者と思われる少女がシェルターを訪ねてきたことをきっかけに、「女主人」は青豆に殺害を指示します。

「女主人」は「リーダー」が慢性的な体の痛みに苦しんでいるという情報を知り、青豆が整体師として彼に施術ができる機会を用意します。青豆はホテルの一室で「リーダー」と二人きりになり、マッサージを施しながら、アイスピックを刺すタイミングを見計らいます。しかし「リーダー」と会話するにつれ、相手が青豆の本当の目的を知りながら面会を受け入れていたことに気づきます。むしろ「リーダー」は、体の痛みから解放されるために、青豆に殺されることを望んでいると青豆に伝えるのです。

「リーダー」は、物を宙に浮かせたり、他人の心を読んだりする特殊能力をもっており、それは「リトル・ピープル」という正体のわからない存在によって与えられたと言います。「リトル・ピープル」という存在によって「声を聴くもの」に選ばれたからだと。

小説のタイトルから推測できるように、この作品はイギリスの作家ジョージ・オーウェルが一九四九年に発表した小説『1984』との連関が示唆されています。「リトル・ピープル」はオーウェルの小説に登場する「ビッグ・ブラザー」の対照であると推測できますが、「リトル・ピープル」は「ビッグ・ブラザー」のような明確な絶対権力の所有者ではありません。その絶対的な影響力は確かですが、その存在が善なのか悪なのかは誰にもわからないのです。

「リトル・ピープル」は教団の成長を支えることが目的で、その存続を脅かす存在は排除していきます。「女主人」を通して教団に近づく青豆を排除する代わりに、青豆の友人のあゆみを排除することで警告を与えます。あゆみはホテルで全裸のまま首を絞められて殺されていました。しかし「リトル・ピープル」自体が殺人を犯したわけではありません。

「リーダー」は青豆に次のように説明します。

いや、彼らは殺人者ではない。自分で手を下して誰かを破壊するようなことはしない。君の友人を殺したのは、おそらくは彼女自身の内包していたものだ。遅かれ早かれ同じような悲劇は起こっただろう。彼女の人生はリスクをはらんでいた。彼らはただそこに刺激を与えただけだ。

（『1Q84』BOOK2前編316頁）

実際、あゆみにはバーで知らない男性に声をかけてホテルに行くという習慣がありました。また暴力に近い危険な行為を男性に要求するという性癖もあり、彼女の心の問題を物語っていました。「リトル・ピープル」はあゆみの自虐的な部分に刺激を与えることで、あゆみが殺される状況を自然に作り出したのです。

「絶対的な善もなければ、絶対的な悪もない」

「リーダー」は青豆に、絶対的な善も絶対的な悪もない、と言います。

> 「この世には絶対的な善もなければ、絶対的な悪もない」と男は言った。「善悪とは静止し固定されたものではなく、常に場所や立場を入れ替え続けるものだ。ひとつの善は次の瞬間には悪に転換するかもしれない。逆もある。ドストエフスキーが『カラマーゾフの兄弟』の中で描いたのもそのような世界の有様だ。重要なのは、動き回る善と悪とのバランスを維持しておくことだ。どちらかに傾き過ぎると、現実のモラルを維持することがむずかしくなる。そう、均衡そのものが善なのだ。
>
> （『1Q84』BOOK2前編312―313頁、強調原文）

「リーダー」の意見は、青豆や「女主人」のそれとは対照的です。青豆や「女主人」は、女性に危害を与える男性たちを絶対的な悪とみなし、彼らを排除するという行為の正しさを信じていました。しかし、悪だと信じていた「リーダー」は、「リトル・ピープル」という強い力を持つ何かによって命令を受けて行動していた、ある意味で受け身の存在でした。さらにその「リトル・ピープル」の目的は、組織の存続であり、人間の殺害自体ではありません。

「この世には絶対的な善もなければ、絶対的な悪もない」、「均衡そのものが善なのだ」という「リーダー」の言葉は何を意味するのでしょうか。青豆や「女主人」から見れば、暴力的な男性は「絶対的な悪」ですが、殺人を犯せば、青豆や「女主人」が法的には「絶対的な悪」の側に立つことになります。「リトル・ピープル」にとって組織を存続させることは「絶対的な善」であり、その存続を邪魔しようとする青豆のような存在は「絶対的な悪」となります。善悪の判断は、このように自分がどの立場に立ってどんな主張をするかによって変化することを「リーダー」は伝えます。

「リーダー」は次のようにも話します。

Aという説が、彼なり彼女なりの存在を意味深く見せてくれるなら、それは彼らにとって真実だし、Bという説が、彼なり彼女なりの存在を非力で矮小なものに見せるものであれば、それは偽物ということになる。とてもはっきりしている。もしBという説が真実だと主張するものがいたら、人々はおそらくその人物を憎み、黙殺し、ある場合には攻撃することだろう。論理が通っているとか実証可能だとか、そんなことは彼らにとって何の意味も持たない。多くの人々は、自分たちが非力で矮小な存在であるというイメージを否定し、排除することによってかろうじて正気を保っている。

（同299—300頁）

私たちは気づかないうちに、自分にとって都合のよい説を選び取り、真実だと信じ込みます。そして、別の説を選びとる相手を攻撃します。彼らにとって、自分は善であり自分と異なる説を唱える者は悪となります。

善悪の判断に対する強すぎる信念が暴力と隣り合わせであることは、村上がオウム真理教の事件を通して実感したことです。『約束された場所で』に収録された村上春樹との対談で、心理学者の河合隼雄氏は、多くの殺人が正義を理由に行われていると指摘します。

悪意に基づく殺人で殺される人は数が知れてますが、正義のための殺人ちゅうのはなんといっても大量ですよ。だから良いことをやろうというのは、ものすごいむずかしいことです。それでこのオウムの人たちというのは、やっぱりどうしても、「良いこと」にとりつかれた人ですからねえ。

（『約束された場所で』297頁）

本書の第二章で述べた通り、麻原彰晃は自分たちという善の存在を攻撃してくる悪の存在を信じ、また信者たちにもそれを信じ込ませることで、教団を大きくしてきました。麻原の語りでは〈善き存在〉と〈悪しき存在〉との間に、明確に境界線が引かれていました。その信念がテロ事件に発展してしまったのです。

『1Q84』の「リーダー」は次のようにも言います。

「世間のたいがいの人々は、実証可能な真実など求めてはいない。真実というのはおおかたの場合、あなたが言ったように、強い痛みを伴うものだ。そしてほとんどの人間は痛みを伴った真実なんぞ求めてはいない。人々が必要としているのは、自分の存在を少しでも意味深く感じさせてくれるような、美しく心地良いお話なんだ。だからこ

そ宗教が成立する」（『1Q84』BOOK2前編299頁）

「自分の存在を少しでも意味深く感じさせてくれるような、美しく心地良いお話」を求める人々には、麻原の語る「お話」に心地良さを感じた信者たちも含まれるのでしょう。しかし一方で、オウム事件を知って麻原や教団という「悪」を社会から排除することで「問題」が解決すると信じた人々もまた、「リーダー」の言う「ほとんどの人間」に含まれます。自らの善を証明してくれる「美しく心地よいお話」を信じた人々です。

「強い痛みを伴う」真実とは、自分にとって都合の悪い真実、受け入れることを拒否したくなる真実です。それは、村上の言葉で言えば、「人間というのは自分というシステムの中に常に悪の部分みたいなのを抱えて生きている」（『約束された場所で』310―311頁）という真実を指すのでしょう。そして自分の中にある悪の部分を認めたくない人こそ、オウム真理教の一連の事件に対して、「怒り」で反応したと言います。

村上　誰かが何かの拍子にその悪の蓋をぱっと開けちゃうと、自分の中にある悪なるものを、合わせ鏡のように見つめないわけにはいかない。だからこそ世間の人は

あんなに無茶苦茶な怒り方をしたんじゃないかという気がしたんです。〔中略〕

河合　みんな自分に実害のない誰かを罰するというのは大好きなんです。（同311頁）

人が他人に対して怒りを感じるとき、その相手が自分の内側にある見たくないものを具現化しているということがよくあります。本当は鏡として相手が自分の中にあるものを見せてくれているのに、見たくないから怒りで反応するのです。オウム真理教に対する人々の怒りこそ、「美しく心地良いお話」ばかりを求める彼ら側の問題を明らかにしていたのです。

相手の「悪」に依存した自己肯定

そのように考えると、善か悪かという考え方が多くの問題を作っていることがわかります。絶対的な善を信じるから、絶対的な悪という存在があると信じ、それを探します。そして悪を非難することで、自らの善を証明しようとします。この方法による自己認識は、依存関係を作り出します。善なる「私」は悪なる「あなた」なしには存在できないからです。この依存関係のために、麻原は信者に対し悪なる存在について証明し続けねばならず、最後には破壊的な行動によって身を滅ぼしてしまうのです。

村上は、物語が麻原を超えていたのではないかと話します。

これは僕の仮説なんですが、麻原の提出した物語が彼自身を超えてしまったということも起こりうるんじゃないかと。

（『約束された場所で』287頁）

外部にいる絶対的な悪を主張する物語は、その物語のリアリティを証明し続けるために、語られ続けなければなりません。麻原は、自ら作った物語に自らが支配される状況を作ってしまったということです。

これは「リトル・ピープル」という比喩を使って考えるとわかりやすいでしょう。「リトル・ピープル」の目的は、組織の存続です。そのために不都合なものは排除しようとする、または排除されるような状況を作ります。麻原は教団という組織を大きくしていくにつれて、「リトル・ピープル」なるものに支配されるようになった、つまり教義や思想を深めたりして、教団として思想的な達成を目指すというような、ありうべき目的からずれて、組織の存続のためにはどんな手段も取らざるを得ないような状況を作ってしまったということです。

「さきがけ」の「リーダー」もシステムが一人歩きする様子を説明します。

「〔中略〕システムというのはいったん形作られれば、それ自体の生命を持ち始めるものだ」

（『1Q84』BOOK2前編313頁）

このように考えると、麻原が本当に自らを善、霞が関で働く人々を悪と認識していたのかどうかも定かではなくなるでしょう。麻原もまた「リトル・ピープル」という圧倒的な力に動かされる存在であったのかもしれません。

繰り返しますが、「リトル・ピープル」なるものは、正義と悪の二元論の枠内でのみ事件を捉え、裁こうとした「こちら側」のマスメディアや視聴者の中にも潜んでいました。自分たちの善を信じ続けるために悪の存在を糾弾するやり方は、オウム真理教の姿勢と近しいものであり、その姿勢のために「こちら側」の私たちもまた真実から遠ざかっていました。さらにその「盲目さ」は事件の被害者に「二次災害」をもたらすことになります。

地下鉄サリン事件の被害者の中には、事件後、それまで通り電車に乗ることができなくなったり、それまで通りの成果を仕事で出せなくなったりする人々、またそのために解雇されたり、左遷されたりする人々がいたと言われています。労働災害であるはずの事件の被害が会社に理解されない現実について、河合隼雄氏はオウムに対する嫌悪感が事件の被害者にまで向けられてしまったからだと言います。

河合　オウム真理教に対する世間の敵意が、被害者に向かうんです。被害者の方まで「変な人間」にされてしまう。オウムはけしからんという意識が、「なにをまだぶつぶつ言っているんだ」と被害者の方に向かってしまうんです。そういう苦しみを経験している人も多いと思いますよ。

村上　震災〔引用者注：阪神・淡路大震災〕のときもそうですが、最初に興奮があって、それから同情みたいのに変わって、それがすぎると「まだやってるのか」というのに変わってしまうんですね。段階的に。

河合　そのとおりですね。オウムに対する汚れとかそういういろんなイメージが、被害者の側におぶさってくるんです。

（『約束された場所で』284頁）

被害者たちがこの種の「二次災害」に遭っているという話を新聞記事で読んだことが、

被害者に対するインタビューを決めたきっかけであると、村上は『アンダーグラウンド』で語っていますが、この「二次災害」も、彼らの個々の声に耳を傾けていないことから来るものだと言えるでしょう。本書の「はじめに」でも触れたように、「多くの被害者の一人（ワン・オブ・ゼム）」として説明されるニュースの語りに対して、視聴者は好感を持つことはなかなかありません。しかし村上は被害者ひとりひとりの話にじっくり耳を傾けることで、相手に好意を持っていったと言います。インタビューする相手が特別に好ましい性格を持っていたからではありません。誰もが持つそれぞれの人生における物語に耳を傾ければ、彼らひとりひとりが持つ強さや逞しさ、優しさや温かさがおのずと滲み出てくるため、相手に寄り添いたくなるのです。そのような彼らの個々の声も含めた報道がマスメディアによってなされていれば、あるいは個々の声に寄り添うことの大切さを多くの人が理解していれば、この「二次災害」は防げたかもしれません。

相手の「悪」に依存した自己肯定では真実に辿り着けません。絶対的な悪なるものに近いものがあるとすれば、それは、絶対的な悪なるものがあると信じる心、そして相手への攻撃を正当化するような考え方のことだと言えるかもしれません。

二〇一八年に麻原彰晃の死刑が執行されました。このとき毎日新聞に寄稿した記事において村上は、「今回の死刑執行によって、オウム関連の事件が終結したわけではない」（二〇一八年七月二十九付）と語りました。オウム真理教の事件が炙り出した問題は、明らかに、オウム真理教だけが孕《はら》む問題ではありませんでした。日本社会は、裁判で麻原と実行犯を裁きながら、事件が炙り出した「こちら側」の問題とは向き合えていません。

行われるべきだったのは、日本社会や日本人が、自らと深く対話することだったのかもしれません——自らの思考パターンこそ、敵なるものを生み出し、自分たちの自由を縛っているのではないか、と問いながら。

第五章　諸刃の剣としての「想像力」

——「かえるくん」・「ドライブ・マイ・カー」・『海辺のカフカ』

前章に続いて村上作品を読み直していきます。ここでは想像力をテーマにした作品として、「かえるくん、東京を救う」（一九九九年発表）、「ドライブ・マイ・カー」（二〇一三年発表）、『海辺のカフカ』を取り上げ、想像力の使用が不自由をもたらす例を見ながら、想像力との付き合い方について村上作品からどのようなヒントを得られるかを考えます。

1　不自由を引き起こす「響きやふるえ」――「かえるくん、東京を救う」

ほんとうに怖いのは想像力が欠如した人間

村上春樹の作品は、「羊男」や「やみくろ」、「リトル・ピープル」や言葉を話す「影」など、独特なキャラクターで溢れています。作家の想像力の賜物と言えるでしょう。

村上作品はまた、想像力というものへの示唆に富んでいます。例えば『海辺のカフカ』の主人公であるカフカ少年は、個人の想像や夢の中で行われる行為に対して、人はどれほど責任があるのかについて考え込みます。またカフカ少年の手助け役である大島青年は、想像力の欠如する人間に対して強い嫌悪を表します。

ただね、僕がそれよりも更にうんざりさせられるのは、想像力を欠いた人々だ。T・S・エリオットの言う〈うつろな人間たち〉だ。その想像力の欠如した部分を、うつろな部分を、無感覚な藁くずで埋めて塞いでいるくせに、自分ではそのことに気づかないで表を歩きまわっている人間だ。そしてその無感覚さを、空疎な言葉を並べて、他人に無理に押しつけようとする人間だ。〔中略〕想像力を欠いた狭量さ、非寛容さ。ひとり歩きするテーゼ、空疎な用語、簒奪《さんだつ》された理想、硬直したシステム。僕にとってほんとうに怖いのはそういうものだ。

（『海辺のカフカ』上巻384―385頁）

想像力が欠如していることには、想像力がなければ気づけません。欠如を補おうにも、そもそも欠如を自覚できないのです。

地震という「大掃除」

「かえるくん、東京を救う」は、一九九五年の阪神・淡路大震災を受けて村上が出した短編集『神の子どもたちはみな踊る』（二〇〇〇年）に収録された一編です。二〇二二年にはフランスのアニメーション作家ピエール・フォルデス監督によって『めくらやなぎと眠る女』という題で映画化されました。また、同年に公開された大ヒット映画『すずめの戸締まり』では新海誠監督自身が、「かえるくん、東京を救う」からの明らかな影響を認めています（ＮＨＫ「クローズアップ現代」二〇二二年十二月十二日放送）。

『神の子どもたちはみな踊る』に収められたお話はすべて、何らかの形で精神的に大震災の影響を受けた人々の物語で、その中でも「かえるくん、東京を救う」はファンタジー要素の強い作品です。「かえるくん」と自称する蛙が東京を救おうと立ち上がります。

主人公はサラリーマン（村上作品には珍しい）の片桐です。片桐は勤勉に働きますが、華やかさとは無縁の生活を送っています。独身で、人に自慢できることもなく、自己肯定感も低い人物です。ある日片桐がアパートに帰ると、二メートルを超える蛙が部屋で待っています。その姿に目を疑う片桐を気にすることもなく、蛙は「ぼくのことはかえるくんと呼んで下さい」と自己紹介すると、東京の地下に住む、大きさが電車の車両ほどもある「みみずくん」に対して、自分と一緒に戦ってほしいと依頼します。三日後にこの「みみずくん」が東京を壊滅させるほどの大地震を起こすからだというのです。

「かえるくん」は「みみずくん」についてこう説明します。

彼は普段はいつも長い眠りを貪っています。地底の闇と温もりの中で、何年も何十年もぶっつづけで眠りこけています。当然のことながら目は退化しています。脳味噌は眠りの中でねとねとに溶けて、なにかべつのものになってしまっています。実際の話、彼はなにも考えていないのだと僕は推測します。

（『神の子どもたちはみな踊る』161頁）

長い間眠り続けていたみみずくんは、神戸での震災によって目を覚ましたといいます。みみずくんは腹を立てると地震を起こす習慣があり、まさにいま腹を立てているというのです。それは、核実験によって棲み処を追われた「ゴジラ」が日本を襲い、都市を破壊するストーリーを思わせます。かえるくんはみみずくんの説明を続けます。

彼はただ、遠くからやってくる響きやふるえを身体に感じとり、ひとつひとつ吸収し、蓄積しているだけなのだと思います。そしてそれらの多くは何かしらの化学作用によって、憎しみというかたちに置き換えられます。

（同161頁）

「遠くからやってくる響きやふるえ」とは人々が発する感情や〈念〉のようなものだと考えられます。それらの蓄積が化学作用で憎しみに変わったということは、それが心地よい「響きやふるえ」ではなかったことが推測されます。人々の負の感情が出すエネルギーをみみずくんは吸い取り続け、その負のエネルギーがみみずくんの体の中で膨張した結果、地震という形で発散（みみずくん自身の浄化）しようとしているのです。

地震を起こそうとしているというと、みみずくんはいかにも邪悪な存在であるかのように思われますが、みみずくんは地球の「響きやふるえ」を緩衝材のようになって吸い取っていたとも考えられます。しかしみみずくんにも限度があり、これ以上引き受けられなくなった結果、地震という形で自らの体内の大掃除をしようとしているのです。みみずくんが吸い取った「響きやふるえ」がもしポジティブなものであれば、憎しみではなく別のものに置き換えられていたはずです。それは蓄積しても浄化を要する類のものではなく、地震を起こす必要もなかったことでしょう。

そう考えれば、みみずくんが地震を起こすに至った原因は、地上の「響きやふるえ」を生み出した人間の側にあり、みみずくんの役割は地震で東京を破壊することではなく、人間も含めた地球全体を浄化することであると捉えることができます。また、意識や感情の波動が地球に影響を与えるという見方は非科学的に思えるかもしれませんが、地下深くでのエネルギーの蓄積が地震の発生につながるという科学的なメカニズムと似ていることもあって、地球が何らかの形で浄化を行おうとするという論理に説得力を与えます。

「あなたの勇気と正義が必要」

片桐は、どうしてかえるくんが、みみずくん退治の相手に自分のような強くない人間を選んだのかと聞きます。するとかえるくんは片桐の勤勉さを称賛します。片桐は十六年間、信用金庫で融資の返済窓口を担当してきました。返済の滞りがあれば出向いて処理をする、嫌われ役の仕事です。相手は暴力団関係者ということもあります。危険と隣り合わせの仕事を続けながら片桐は、早くに亡くなった両親に代わって弟妹の面倒を見て大学にまで行かせました。かえるくんは片桐が、「人がやりたがらない地味で危険な仕事を引き受け、黙々とこなし」、弟妹のために献身してきたことに対し、敬服していると言います。そして「ともに闘う相手として、あなたくらい信用できる人はいません」と言うのです。

また闘うといっても実際に闘うのはかえるくんで、片桐には後ろで応援してほしいと言います。「あなたの勇気と正義が必要」だ、「友だちとして、ぼくを心から支え」てほしいと。そう言われても実感がわかない片桐ですが、かえるくんを信用してもいいような気がしてきます。「かえるくんの顔つきやしゃべり方には、人の心に率直に届く正直なものがあった」からです。ここで興味深いのは、みみずくんとの闘いにおいては力の強さではなく、勇気や正義、正直さ、そして信用が重んじられているところです。闘いに必要なものとして、破壊のための武器ではなく、正しいものを信じる精神性と信頼関係の構築を挙げているのです。つまりみみずくんが抱えた「憎しみ」に対抗するには、物理的な破壊のための武力より、憎しみを浄化できる精神性を要するということです。

みみずくんとの闘いは行われました。しかしそれは片桐が意識を失っている間のことで、病室で目を覚ました片桐には闘いの記憶がありません。そこで病室に入ってきたかえるくんは、片桐は夢の中でしっかりかえるくんを助けたと言います。

地震を食い止めることはできましたが、闘いは引き分けでした。疲れ切ったかえるくんはぐったりと椅子にもたれると、眠りに落ちます。するとみるみるうちに、身体中から瘤が盛り上がり、破裂し膿《うみ》が飛び出して、我慢できないほどの悪臭を放ちます。皮膚が破れた穴からは蛆虫《うじむし》やムカデが這い出てかえるくんの身体をむさぼり食い、最後に目玉だけが床に落ちます。そして片桐は自分の悲鳴で目を覚まします。彼にはどこまでが夢でどこからが現実なのか判断できません。

かえるくんの身体から湧き出た膿や蛆虫の正体は説明されません。しかしみみずくんとの闘いが引き分けだったということを考えると、かえるくんはみみずくんに蓄積された憎しみの材料である負のエネルギーを引き受けたとも解釈できます。そしてそのエネルギーはかえるくんの身体を腐らせてしまうのです。

かえるくんは言っていました。「ずたずたにされてもみみずくんは死にません。彼はばらばらに分解するだけです」（同181頁）。つまりどんなに強力な力をもって闘いに挑んでも、みみずくんは消滅しないのです。闘いの後もみみずくんは地下に住み続けます。そしてまた、地上の人間たちが出す波動を吸収し続けるのです。

問題の根本は人々の想像力

かえるくんは病室の片桐に言います。「すべての激しい闘いは想像力の中でおこなわれました。それこそがぼくらの戦場です」。この「想像力」とは、現実離れした空想だけを意味するのではなく、人間の内側に映し出されるあらゆるイメージや心に沸き起こる感情の総体を指します。みみずくんが人間の内側から発される「響きやふるえ」に反応して結果的に大地震（人間の生活を脅かすもの）を起こすに至るように、問題の根本は人々の想像力だと作品は伝えます。これはかえるくんがコンラッドの言葉として引用する「真の恐怖とは人間が自らの想像力に対して抱く恐怖のこと」という一節にもつながります。

またかえるくんはドストエフスキーのことを、「神を作り出した人間が、その神に見捨てられるという凄絶《せいぜつ》なパラドックス」（同181頁）を描いた作家と言います。神を〈想像〉することで神を〈創造〉した人間が、自らの想像（創造）物に見捨てられるというシナリオは、〈想像〉によって〈創造〉した憎しみが地震という破壊力をもって自身に返ってくるという本作品の内容と重なります。この作品は〈身から出た錆〉についてのお話なのです。

みみずくんが大地震を起こすのを止める方法は一つしかありません。負のエネルギーをみみずくんに吸収させせないこと、つまり人間が怒りや憎しみや不安で心を満たさないことです。「目に見えるものが本当のものとはかぎりません」（同182頁）と言い残してかえるくんは眠りに落ちるのですが、目に見えない部分、つまり人間が心に溜め込むエネルギーに意識を向けることが、不自由な状況を自ら作るという結果を回避する方法になるのかもしれません。

「与える愛」を実行する

そもそもかえるくんとは何者なのでしょうか。かえるくんは、自分は長い間芸術を愛し、自然と生きる平和主義者だったと言います。闘うことは決して好まない、でも今回はやらなければならないから立ち上がったと言うのです。

闘うのはぜんぜん好きじゃありません。でもやらなくてはならないことだからやるんです。きっとすさまじい闘いになるでしょう。生きては帰れないかもしれません。身体《からだ》の一部を失ってしまうかもしれません。しかしぼくは逃げません。（同165頁）

かえるくんは固い覚悟を決めていますが、闘うのはかえるくんでなければならないわけではないようです。かえるくんは誰かがしなければいけない闘いを自主的に引き受けたのです。しかしかえるくんが引き受けたことは誰も知りません。

もし万が一闘いに負けて命を落としても、誰も同情してはくれません。もし首尾良くみみずくんを退治できたとしても、誰もほめてはくれません。足もとのずっと下の方でそんな闘いがあったということすら、人は知らないからです。それを知るのは、ぼくと片桐さんだけです。どう転んでも孤独な闘いです。（同170頁）

かえるくんは命の危険を冒して闘いに臨みますが、誰かに認知されるわけでも感謝してもらえるわけでもありません。人はそもそもそんな闘いがあることを知りません。その孤独を承知でかえるくんは引き受けるのです。みみずくんが地震を起こすことはかえるくんひとりの責任ではありません。しかし誰かが立ち上がって対処しなければならない。だから自分がやると決めるのです。

かえるくんの行為は愛の発露であると解釈できます。憎しみの対極にある感情は愛です。第一章で参照したエーリッヒ・フロムは著書『愛するということ』の中で、本来の愛はもらうものではなく与えるものを指し、生産的な性格の人にとって、与えることはその人の持てる力のもっとも高度な表現であり、与えるという行為を通じて、自分のもてる力と豊かさを実感できると言います。他人からの評価を期待せず、みみずくんとの孤独な闘いを選ぶかえるくんは「与える愛」を実行しようとしています。みみずくんの憎しみに対抗するために、愛の実践を通してみみずくんを浄化し、地球を浄化しているとも思えます。

「内なる意識と外なる世界」の合わせ鏡

そしてその闘いのパートナーとしてかえるくんが選ぶのが片桐です。

あなたのような人にしか東京は救えないのです。そしてあなたのような人のためにぼくは東京を救おうとしている。

（同171頁）

これがかえるくんが片桐を選んだ理由です。

片桐の実直で勤勉な働きぶりは、地下鉄サリン事件で被害にあった人々を思わせます。毎朝満員電車に長時間乗って都心に通勤する彼らは、東京を「下から」支える人たちでした。彼らは麻原や実行犯たちが「ポア」（オウム真理教が「相手を殺すこと」の意味で用いた）しようとした霞が関の人々とは遠く離れたところで、真面目にコツコツと働き、社会を支えていました。ある意味、与える愛を実践していた人たちとも言えます。そのような人たちこそみみずくんとの闘いに必要な人材であり、またそのような人たちのためにこそ、かえるくんは闘うというのです。

およそ現実とは思えないかえるくんの説明を、片桐は信じることにします。話の信憑性以上に、かえるくんという存在への信頼からです。かえるくんが発する「響きやふるえ」に共鳴するからです。与える愛の実践者に共鳴する人が加わることで、みみずくんとの闘いを進めやすくなるのです。

愛を実践するかえるくんはみみずくんによる地震を止めます。このように分析してくると、どのような「響きやふるえ」が人にとって痛みとなりうる現象を引き起こし、どのような「響きやふるえ」がその特効薬になるかが描かれていると読めてきます。人々が発する「響きやふるえ」が憎しみに満ちたものであれば、地球は地震という形で自己浄化を試み続けるでしょう。暴力の連鎖を断ち切れるのは、愛に基づくエネルギーの作用を連鎖させることであるということになりそうです。

次の文章は、『世界の終りとハードボイルド・ワンダーランド』に言及した文章ですが、意識の作用について村上がどのように考えているかが窺える一節です。

我々の意識は、我々の肉体の中にある。そして我々の肉体の外にはべつの世界がある。我々はそのような内なる意識と外なる世界の関係性の中に生きている。その関係性は往々にして、我々に哀しみや苦しみや混乱や分裂をもたらす。

でも、と僕は思う、結局のところ、我々の内なる意識というものはある意味では外なる世界の反映であり、外なる世界とはある意味では我々の内なる意識の反映ではないのか。つまりそれらは、一対の合わせ鏡として、それぞれの無限のメタファーとしての機能を果たしているのではあるまいか？

（『村上春樹 雑文集』485—486頁）

村上は、内なる意識と外なる世界が合わせ鏡のように影響し合っていると説明しています。「かえるくん、東京を救う」では、人々の発する「響きやふるえ」と地球の現象が互いに作用すると描かれています。

つまり、外の現象（作品においては「地震」）を変えたければ、まず自分が発する「響きやふるえ」から変える必要があります。望む結果に合わせて、自らの「響きやふるえ」を変えれば、外の現象に振り回される不自由さを抑えられるかもしれません。攻撃的なエネルギーを愛のエネルギーに変えれば、外の現象も愛をまとったものに変化するでしょう。この相互作用を意識し、自分の「響きやふるえ」を愛に基づいたものに変えることで、生きやすさを高められるのかもしれないと、この作品は思わせてくれます。

2 想像という鋭利な刃物を手放す――「ドライブ・マイ・カー」

想像が容赦なく自分を切り刻む

『ノルウェイの森』や『海辺のカフカ』など、何か大切なものを失った人々を頻繁に描く村上文学において、大切な女性を失った男性は主人公になりやすいと言えます。この節では、『女のいない男たち』（二〇一四年）という短編集に収められた作品「ドライブ・マイ・カー」を取り上げて、妻に浮気をされた夫の物語を追ってみましょう。濱口竜介監督によって二〇二一年に映画化された『ドライブ・マイ・カー』は世界各国で映画賞を受賞し、広く話題になりましたが、こちらは『女のいない男たち』に収録された他の短編「シェエラザード」と「木野」の要素も加えられており、原作とは大きく異なります。

村上春樹による「ドライブ・マイ・カー」は、舞台俳優で演出家の家福《かふく》（年齢は六十くらい）が、酒気帯び運転の末の接触事故で免許停止になり、愛車の専属運転手を雇うという話です。知り合いから紹介された運転手はみさきという二十四歳の女性で、運転の腕は確かです。みさきは週に六日間、家福を自宅から劇場や撮影現場に送る仕事をそつなくこなします。
寡黙な二人は車内であまり言葉を交わしませんが、ふとしたきっかけで、家福はみさきに、早くに他界した妻とその浮気相手のことを語り出します。十年前に子宮がんで亡くなった家福の妻は女優で、共演する男性とたびたび関係を持っていました。家福はそれを知りながら最後まで問いただすことができず、知らぬふりをして夫婦関係を続けていました。
妻の秘密を知りつつ、知らないふりをして妻に接するのは「胸を激しく引き裂かれ、内側に目に見えない血を流しながら」生きることだったと家福は振り返ります。

妻が他の男の腕に抱かれている様子を想像するのは、家福にとってつらいことだった。つらくないわけはない。目を閉じるとあれこれと具体的なイメージが頭に浮かんでは消えた。そんなことを想像したくはなかったが、想像しないわけにいかなかった。想像は鋭利な刃物のように、時間をかけて容赦なく彼を切り刻んだ。何も知らないでいられたらどんなによかっただろうと思うこともあった。

（『女のいない男たち』37頁）

家福は想像を巡らし、まるで浮気現場を直接見たかのような光景を頭の中に作り出します。それが「鋭利な刃物のように、時間をかけて容赦なく彼を切り刻」むのです。

忘れてしまおうとずいぶん努力はした。でも駄目だった。うちの奥さんがほかの男の腕に抱かれている情景が頭を離れなかった。いつもそれが蘇ってくるんだ。まるで行き場のない魂が天井の隅っこにずっと張りついて、こちらを見守っているみたいに。妻が死んで時間が経てば、そんなものはやがて消えてなくなるだろうと思っていた。でも消えなかった。むしろ前よりもっと気配が強くなったくらいだ。

（同66頁）

心の傷は時間が癒してくれると言われますが、傷の原因になった相手が亡くなってしまったような場合は、時間の経過が助けになりません。むしろ、〈なぜ〉を問い続ける時間が長くなるにつれて、〈こうだったのかもしれない〉という無数の仮説が生まれ、傷を広げ続けます。これを止めるには、仮説を次から次へと生み出す「想像」を止めなければなりません。傷ついた人にとって「想像は鋭利な刃物」となってしまうからです。

しかし、家福は「なぜ」を問い続けました。知ることに強い執着があったからです。

どのような場合にあっても、知は無知に勝るというのが彼の基本的な考え方であり、生きる姿勢だった。たとえどんな激しい苦痛がもたらされるにせよ、おれはそれを知らなくてはならない。知ることによってのみ、人は強くなることができるのだから。

（同37頁、強調原文）

知ることに価値をおく家福は謎をそのままにしておけませんでした。妻の死後まもなく、妻の最後の浮気相手であった高槻に会う機会があり、妻の生前の思い出を一緒に語りたいと言って食事に誘います。相手が妻の不倫相手であったと自分が知っていることは伏せたままです。お酒が好きな高槻とはその後も幾度となく飲みに行き、妻の思い出を語り合いますが、お互いに不倫の話をしようとはしません。

「なぜ自分は傷つかねばならなかったのか」という問い

家福は、当初は高槻に対して仕返しをするようなことを考えていましたが、高槻との友人関係を続けるにつれてその意欲は薄れていきます。むしろ友人となった高槻に対して心を開いていくのです。家福は高槻に打ち明けます。

「僕にとって何よりつらいのは〔中略〕僕が彼女を——少なくともそのおそらくは大事な一部を——本当には理解できていなかったということなんだ。そして彼女が死んでしまった今、おそらくそれは永遠に理解されないままに終わってしまうだろう。深い海の底に沈められた小さな堅い金庫みたいに。そのことを思うと胸が締めつけられる」
（『女のいない男たち』58頁、強調原文）

「僕は彼女の中にある、何か大事なものを見落としていたのかもしれない。いや、目で見てはいても、実際にはそれが見えていなかったのかもしれない」（同59頁、強調原文）

妻の不倫の理由について考え続けてきた家福にとって、妻の死は、一生解けない謎とともに生きるよう強制されることを意味しました。「深い海の底に沈められた小さな堅い金庫」は、開けられる機会を永遠に失ったのです。

何かを理不尽だとか、どうしても納得できないと思うとき、人はどんなことにも説明を求めます。家福のような場合には、自分を傷つけた相手に対してはその行為の理由を求めるでしょう。それは、どうして自分が傷つかなければならなかったのかという問いへの答えが欲しいからです。答えを与えられることで、〈なぜ〉を問い続ける思考のループから解放されたいからです。

〈なぜ〉の繰り返しは、無数の「かもしれない」という仮説を作り出します。妻は幸せでなかったのかもしれない、自分は夫として不十分だったのかもしれない、男としての価値がなかったのかもしれない、そして「何か大事なものを見落としていたのかもしれない」と。これらの仮説が浮かぶと、今度はそれを立証するための証拠探しが始まります。不幸せだった妻、夫として不十分だった自分、男として価値のなかった自分、大事なものを見落としていた自分……これらを〈証拠〉として見つけ出しますが、この証拠は記憶の中から恣意的に選び出された材料によって、いわば無から作り上げられているのです。

こうなるともはや思考が論理的ではなくなってきます。「海の底」の「金庫」を開けたいという思いが強まり、論理を飛躍させて、些細な事実から全体を語るようになります。例えば妻の誕生日を忘れたから、妻の料理を褒めなかったからなど、生活における一点だけの欠如を理由に、妻が愛想を尽かすとか不倫をするなどということは、現実にはありえません。人間はもっと複雑な存在です。答えの出ない〈なぜ〉という問いのループに入ってしまった人は、こうして想像力を暴走させていくのです。

家福が高槻と会い続ける理由には、なぜ妻の相手がこの男でなければならなかったのかを知りたいという気持ちもありました。高槻は自分にないものをもっているはずだ、自分にそれが足りなかったから妻は浮気をしたのだ——そう推測しますが、その答えはいっこうに見つかりません。家福にとって高槻は、特別な魅力をもった男には見えないのです。

家福と酒を飲みながら、高槻は彼に言います。

「しかし、家福さん、誰かのことをすべて理解するなんてことが、僕らに果たしてできるんでしょうか？　たとえその人を深く愛しているにせよ」

（同58頁）

どれだけ愛している相手であれ、他人の心をそっくり覗き込むなんて、それはできない相談です。〔中略〕しかしそれが自分自身の心であれば、努力さえすれば〔中略〕覗き込むことはできるはずです。〔中略〕僕らがやらなくちゃならないのは、自分の心と上手に正直に折り合いをつけていくことじゃないでしょうか。本当に他人を見たいと

望むのなら、自分自身を深くまっすぐ見つめるしかないんです。（同60―61頁、強調原文）

どんなに近い相手でもすべて理解することはできないと考える高槻は、「どのような場合にあっても、知は無知に勝る」と信じる家福とは対照的です。そして知へのこの執着こそが、妻の浮気の理由を考えさせ、家福を苦しめてきたものです。理由があるはずだ、答えがあるはずだという信念が、答えが得られない苦しさを生んできたのです。

一方で高槻は、他人についてあれこれ考えるより自分と向き合うことが重要ではないかと指摘します。自分についてであれば、他人についてよりは深く理解しようとする努力ができるからだと。

知ることへの執着

家福は想像力によって自らを傷つけていました。しかし、みさきとの会話によって自分の心を「覗き込む」ことになり、そこで自分の思考の偏りに気づいて、生きづらさを緩和するためのヒントを得ます。家福には、妻についてすべてを知ろうとすることへの執着があり、それが妻についての想像を膨らませ、自分に「鋭利な刃物」を向けることになっていました。
家福はみさきの運転中に、妻と高槻の不倫について話します。それに対してみさきは言います。

「奥さんはその人に、心なんて惹かれていなかったんじゃないですか」

「そういうのって、病のようなものなんです〔後略〕」　（『女のいない男たち』68―69頁）

この言葉は、家福の想像が思い込みでしかない可能性を露呈させるものでした。浮気をしたということは相手が自分より魅力があるからだと強く信じていた家福に対し、みさきは、人は必ずしも心惹かれた相手と不倫するわけではないと語るのです。
家福は〈妻の不倫には絶対的な理由があったはずだ〉〈高槻でなければならない理由があったはずだ〉〈彼女のことを本当に理解できるはずだ〉という思い込みに支配されていましたが、浮気の背景には家福が信じるほど確かな理由はなかったのではないかと、みさきは言っているのです。

みさきの意見は、家福の思い込みを相対化します。愛する相手に浮気をされて傷つかない人はいないでしょう。大切な人を取られた、大切な人が自分ではない誰かに視線を向け触れたと知るのは苦しいことです。同時に、浮気は絶対的な悪であるという社会の共通認識があります。夫婦の片方が浮気をする不倫は大きなタブーとされ、その「罪」を犯した人は、人間性を疑われるに至ります。

しかしもし妻が不倫にたいした意味を感じておらず、関係を持っていた相手に必ずしも心惹かれていたわけではなかったのだとすれば、家福は妻の行為にどれほど「傷つくべき」であったのかという疑問が生じます。

みさきの視点の特徴は、次の会話にも表れています。ヘビースモーカーのみさきに対し家福が警告する場面です。

「命取りになるぞ」と家福は言った。
「そんなことを言えば、生きていること自体が命取りです」とみさきは言った。

（同63頁）

喫煙の危険性を警告する家福に対し、みさきは喫煙だけを命取りとする考え方に疑問を呈します。命取りになるものは世界にたくさんあり、それらに常に接しながら人は生きているからです。このように、浮気についてと同様、みさきは家福が持っていなかった視点を提供します。

この作品で興味深いのは、家福は浮気を一度も目撃していないし、妻も高槻も浮気について一言も口にしていないということです。これは、すべて家福の想像でしかなかったという可能性を示唆します。妻が浮気をし、その相手が高槻であったということすら、家福の想像の産物に過ぎなかったのかもしれません。そうだとすれば、すべては想像力を「鋭利な刃物」に仕立て上げた、家福の自作自演の悲劇だったとも言えます。自分を切り刻んでくるのは自分の内側に世界を作り上げた想像力だったのかもしれません。想像によって苦しみ、思考を制限していた張本人は、他人ではなく自分自身であったかもしれないということです。

現実とは、目の前の出来事や現象を「私」が意味づけることによって作り上げられます。それによって「私」は自由にもなり、不自由にもなるのです。

人は辛い経験をすると、傷つけた相手を特定し、被害者としての自己像を作り上げます。

しかし実際には、傷を深めたのは自分の想像力の豊かさであったかもしれません。想像力を創造的な行為のために発揮することには価値があるでしょうが、自分を傷つけるような仮説を作り上げ、それを支える証拠を探させるような想像力は手放すべきだということを、村上文学は伝えます。

注　「ドライブ・マイ・カー」は初めに雑誌に掲載され、いくつかの部分が修正され短編集『女のいない男たち』に収められました。ここでは書籍に収められたものを参照しています。

3　自分を否定することの危険性——『海辺のカフカ』(ナカタさん編)

「ナカタは頭の悪い人間です」

村上作品の中でも『海辺のカフカ』は一つの分岐点です。それまで二十代から三十代の主人公が登場することがほとんどでしたが、この小説の主人公は十五歳の少年です。父親と二人暮らしの少年が家出を決意するところから物語は始まります。

この作品にはもう一人ナカタさんという中心的人物がいます。ナカタさんは初老の男性で、少年時代の事故がきっかけで読み書き能力を失い、代わりに猫と会話ができるという特殊な力を得ます。

ナカタさんは知的障がい者という理由で都から補助を受け取り、それに頼って一人で生活しています。猫と会話できるという特殊能力は普段隠していますが、猫探しの名人として噂が立ち、いなくなった猫を探してほしいという依頼が定期的に近所の人から来ます。

ナカタさんは誰かに会うたびに「ナカタは頭の悪い人間です」という表現を枕詞のように使います。相手が人間であろうと猫であろうとです。これは言ってみれば「言い訳」であって、この言い訳のおかげで、相手から難しい話を持ちかけられたり、相手が深くかかわりを持とうとするのを避けたりすることができます。自分が社会的弱者であることが伝われば、相手がナカタさんを気遣い、必要以上に干渉されなくなるからです。しかし小説を読めばわかる通り、ナカタさんは独特の話し方をするものの、一人で生活を整え、近所付き合いもできて、他人（猫も含め）への配慮まで充分にできる人物です。ナカタさんはあえて自分を「頭の悪い人間」に見せようとしているとも言えます。

ゴマという雄猫を探してほしいと依頼されると、ナカタさんは毎日公園に行き、野良猫たちに聞き込み調査をします。そこでオオツカさんという野良猫（ナカタさんがのちに勝手に名付けます）に遭遇します。いつものように自分の頭が悪いことを説明しながら話していると、オオツカさんから次のように言われます。

オレが言いたいのはね、あんたの問題点は、頭の悪いことにあるんじゃないってことなんだよ。〔中略〕あんたの問題点はだね、オレは思うんだけど、あんた……ちょっと影が薄いんじゃないかな。最初に見たときから思ってたんだけど、地面に落ちている影が普通の人の半分くらいの濃さしかない。〔中略〕だからあんたもどっかの迷子の猫を探すよりは、ほんとは自分の影の残り半分を真剣に探した方がいいんじゃないかと思うけどね。

（『海辺のカフカ』上巻105―106頁）

ナカタさんは、自分の影の薄さには気づいているが、このままでいいと言います。「ナカタはもう歳をとっておりますし、もうしばらくすれば死ぬでしょう。〔中略〕ですからナカタは今のままでじゅうぶんではないでしょうか」（同107頁）。これがナカタさんの考えです。

ナカタさんは他人に対し、自分を「頭の悪い人間」と〈宣言〉することで、そのようなあり方を望んでいるかのようです。その自己否定的な態度が、影が半分という比喩で表現されていると読み取れます。

ナカタさんが影の半分を失ったきっかけは少年期の事件にあります。ナカタ少年は学校の成績もよく、性格も穏やかないわゆる優等生でしたが、父親から日常的に暴力を受けていました。戦時中、少年は山梨県に疎開します。そこで担任になった先生もナカタ少年が時折見せる怯えた表情から、家庭内暴力の影に気づいていました。

ある日クラスの児童を連れて山にきのこ取りに行ったところ、先生は突然生理の出血が始まったことに気づきます。動揺しながらも茂みの中で応急処置をしていると、ナカタ少年に血のついた布を発見され、パニックになった先生は思わず少年を力一杯叩いてしまいます。その後、ナカタ少年は昏睡状態に陥り、意識を回復した時には記憶と読み書きの能力を失っていました。

ナカタ少年の記憶喪失は、ある種の防衛反応とも言えます。あまりに強い外傷的体験や精神的ストレスに晒されたときに、一時的な防衛反応として脳がその出来事の記憶を切り離すことがあります。ナカタ少年も家庭内暴力に加え、信頼を寄せ始めていた担任の先生からも予想外の暴力を受けることで、ある種のスイッチを切ってしまったのです。その後のナカタさんが頭が悪いことを挨拶がわりに話す様子は、他者に同等に扱われることを望んでこなかったこと、また他者との深いかかわりを避けて生きてきたことを示唆します。影が半分足りないナカタさんは自分の「半分」を手放すことで、二度と他人に期待して裏切られることのない人生を選んだと言えるのです。それは自分への信頼も他者への期待も放棄した生き方でした。

空っぽであることの恐ろしさ

ナカタさんは影の薄い自分に不便を感じていませんでしたが、そのことがナカタさんを恐ろしい状況に巻き込んでしまいます。

ナカタさんが迷い猫のゴマを探していると、怖い顔をした大きな犬が近づいてきます。犬はテレパシーのような方法でナカタさんについて来るよう伝え、ナカタさんは言われるがままについて行きます。連れて行かれた屋敷には、ジョニー・ウォーカーと自称するウイスキーのラベルそっくりの人物が待っていて、ナカタさんに自分は猫殺しであると言います。そして猫が生きたまま入れられた大きな鞄を出すと、この中にゴマもいると伝え、猫たちを救う方法はたったひとつ、自分を殺すことだと言うのです。むしろジョニー・

ウォーカーはナカタさんに殺されたがっているとも言います。

ナカタさんは、自分は誰も殺したことがないし、それをしなければならない理由も、どうやればいいのかもわからないと言います。するとジョニー・ウォーカーは鞄から猫を一匹ずつ取り出し、生きたままその腹を切り裂き、心臓を取り出して食べてしまいます。目の前の光景にナカタさんは言葉を失います。目を閉じて、頭を抱え込みますが、ジョニー・ウォーカーは次々と別の猫のお腹を切り裂いていきます。三匹目の猫はナカタさんが話したことのある猫で、同じ方法で処理されます。目を開けようとしないナカタさんにジョニー・ウォーカーは語ります。

「目を閉じちゃいけない。目を閉じても、ものごとはちっとも良くならない。目を閉じて何かが消えるわけじゃないんだ。それどころか、次に目を開けたときにはものごとはもっと悪くなっている。私たちはそういう世界に住んでいるんだよ、ナカタさん。しっかりと目を開けるんだ。目を閉じるのは弱虫のやることだ。現実から目をそらすのは卑怯もののやることだ。君が目を閉じ、耳をふさいでいるあいだにも時は刻まれているんだ。コツコツコツコツと」

（『海辺のカフカ』上巻310頁）

そしてジョニー・ウォーカーは次の猫を取り出します。それはナカタさんに以前親切にしてくれた雌猫でした。ナカタさんはついに立ち上がり、ジョニー・ウォーカーの胸をナイフで刺します。ジョニー・ウォーカーは笑い声をあげながら床に倒れ、大量の血を吐いて、ナカタさんにもその血がかかります。ジョニー・ウォーカーはこと切れ、気がつくとナカタさんは生き残った猫たちと一緒に草むらに寝そべっていました。ジョニー・ウォーカーの家も、ジョニー・ウォーカーも消えています。身体にべっとりついたはずの血も消えています。

こうしてナカタさんは無事にゴマを救出して飼い主のもとに届けますが、この事件後、ナカタさんは猫たちと会話する能力を失います。そして「四国に行く」という使命に気づくと、これまで長らく出たことのなかった中野区を出て、四国へ向かう旅に出るのです。

旅の目的の一つは、空っぽであった自分からの卒業です。ナカタさんはジョニー・ウォーカーを殺したくはありませんでしたが、何者かがナカタさんの身体を動かしてジョニー・ウォーカーにナイフを刺したと言います。ナカタさんの身体を動かしてジョニー・ウォーカーにナイフを突き立てさせたものは、ジョニー・ウォーカーの意識だったかもしれませんし、ナカタさんの内側にある無意識の一部だったかもしれません。いずれにせよ、ナカタさんは自分の意志に反した行動をしてしまったことで、自分の内側の空虚さに危機感を持ち、旅に出ます。これほど意志を強くして行動したことは、少年のときに記憶を失って以来、ナカタさんにとって初めてのことです。

ナカタさんを動かしたのは、空虚さへの危機感です。気が付かない間に、悪の行為に利用されてしまうことへの恐怖です。内側の空虚さのせいで自分が〈器〉となって悪意ある存在に操作され、不本意に誰かを傷つけてしまうことへの恐れです。

ここでの空虚さは、思考し判断する意志の放棄から来ています。ナカタさんは少年時代の事故以降、できるだけ〈自ら選択する人生〉を避けてきました。頭が悪いと自分を低評価し、他人にもそう宣言することで、自分自身と向き合うことや他人と深くかかわることで得られる主体的な生き方を捨ててきたとも言えます。謙虚で温厚で害のない人物として周囲にも好ましく受け入れられてきたナカタさんですが、主体性の放棄こそが悲劇を生むのです。

ジョニー・ウォーカーの言葉は比喩的な示唆に満ちています。主体性を欠いて生きるナカタさんは「目を閉じて」生きてきた人間であり、「目を閉じちゃいけない。目を閉じても、ものごとはちっとも良くならない」「次に目を開けたときにはものごとはもっと悪くなっている」と警告されます。目を閉じる生き方が状況を悪化させると言われたも同然です。

ナカタさんは望まない殺傷に手を染めますが、彼を加害者にさせたのは、ジョニー・ウォーカーというより、ナカタさん自身の「目を閉じ」た生き方です。

自らの重要性を意識する

村上は『海辺のカフカ』でアドルフ・アイヒマンに言及し、「目を閉じて」生きることについてさらに読者に問いかけます。作中、十五歳のカフカ少年は山奥の小屋で過ごす間、アドルフ・アイヒマンに関する本を手に取ります。アイヒマンはユダヤ人を強制収容所へ移送する計画で指揮的役割を果たした人物です。その本には、戦後の裁判で自らの罪を理解できていないアイヒマンの姿が描かれています。

アイヒマンは上司の命令に忠実に従い、効率的な移送を追求していました。それは〈仕事〉であり、上司の期待に応えただけという認識だったのです。

『海辺のカフカ』では、想像力の欠如というテーマの中でアイヒマンが取り上げられています。ここで言う想像力は〈内側の軸〉とも言い換えられます。自分の内側に確かな〈軸〉があれば、外部からどんな情報が入ってきても、まずその軸に照らして信用できるかを判断し、行動に反映させることが可能です。

ナカタさんは自分の存在価値を低く見積もって生きてきました。自分の重要性を、自ら否定してきたのです。それは謙虚かもしれませんが、空虚さを伴います。自らの判断への信頼が低いため、周囲の声に流されやすく、他人の基準に従いがちなのです。その脆さは、ジョニー・ウォーカーという悪しき存在に身体を操られ、殺人を犯すという形で現れました。

ナカタさんは四国への旅の中で、「入り口の石を見つける」という自分の役割に気づき、自らの意志で行動を起こしていきます。字が読めず体力に限界があるナカタさんに代わって実際の行動を引き受けるのは、途中のヒッチハイクで乗せてくれたトラック運転手の星野青年ですが、ナカタさんの意識の変化と行動への強い意志が、星野青年を的確な場所に運び、ミッションを成功させます。

『海辺のカフカ』という小説は、〈なんとなく生きる〉というあり方が実は恐ろしい力に操作される可能性を孕み、多くの血を流す事態につながりうるということを、白日夢的な設定によって巧妙に描いています。ナカタさんの場合、被害者は数匹の猫でした。しかし、ナカタさんのような〈媒体〉（悪意あるものに操作されることを許す存在）となりうる人間が多数生きているとしたら、その社会ではどれだけの血が流されうるのでしょうか。

実際、そのような〈媒体〉予備軍は人口の少なくない部分を占めているかもしれません。なんとなく生きる人々は、自らの人生の〈責任〉、もっと言えば、自らの存在の重要性を認識するという〈責任〉に、気づきません。生きる上で必要なはずの選択を、別の誰かに任せているのです。自分では自らの意志にもとづいて選んでいるつもりでも、よく見れば、与えられた選択肢の中から、周囲に合わせたり、空気を読んだりして無難そうなものを選んでいるだけだとしたら？　そして、その選択が他者に甚大な影響を与えているとしたら？　想像力が欠如したために〈器〉となり、悪の行為に邁進したアイヒマンと、自分の空虚さのせいで恐ろしい目に遭い、のちに自らの役割を見出していくナカタさんを、『海辺のカフカ』は対比的に描いているのです。

この小説は、私たちが日々の選択にどれほど自覚的であるべきかを問いかけています。その選択には、想像力を働かせるかどうかの選択も含まれます。さらには、自らの選択が周囲に及ぼす影響を理解し、その責任を引き受ける意欲を持つという生き方が、ナカタさんを通じて提案されていると読むことができるのではないでしょうか。

主体性にこだわらず、〈なんとなく生きる〉あり方は一見、楽かもしれません。しかしその生き方は自由と呼べるのか。作品は、想像力の〈諸刃の剣〉としての側面を描き出すことで、読者に自由とは何かを考えさせようとするのです。

4 見る世界を選ぶことで傷は癒せる――『海辺のカフカ』（カフカ編）

「なぜ母は自分を愛してくれなかったのか」という問い

ナカタさんとは違った形ですが、カフカ少年もまた、自分の存在価値を否定して生きてきた人物です。カフカの場合は母親に幼少期に捨てられたという経験がその主要な原因です。カフカの記憶では四歳の時に、母親は養女である姉を連れて家を出て行きました。姉は選ばれ、血の繋がった自分は選ばれなかったという過去は、カフカの自己肯定感に大きく影響を与えます。

どうして彼女は僕を愛してくれなかったのだろう。
僕には母に愛されるだけの資格がなかったのだろうか？
その問いかけは長い年月にわたって、僕の心をはげしく焼き、僕の魂をむしばみつづけてきた。母親に愛されなかったのは、僕自身に深い問題があったからではないのか。僕は生まれつき汚れのようなものを身につけた人間じゃないのか？　僕は人々に目をそむけられるために生まれてきた人間ではないのだろうか？

（『海辺のカフカ』下巻373頁、強調原文）

カフカは母親と別れてから、こうした問いに苦しんできました。母親が自分を置いて行った理由を知る機会はありません。しかしカフカは、自分の存在に問題があるから母親は自分を捨てたのだと思い込んで生きてきており、それは少年の「魂をむしばみつづけ」ました。そのうえ、育ての親である父親は権威的で、親としての愛や責任を感じられる人物ではありません。このようにして育ったカフカは十五歳の誕生日に家出し、ひとりで生きていくことを決意します。

カフカは、自己否定の感情を補うかのように、もう一人の自分として「カラスと呼ばれる少年」を心の中に作り出し、その「カラス」の声に従って人生の方向性を決めていきます。相棒としての「カラス」は、「いつものゲームをやろう」と言って、次の「砂嵐」を想像するようカフカに伝えます。

ある場合には運命っていうのは、絶えまなく進行方向を変える局地的な砂嵐に似ている。君はそれを避けようと足どりを変える。そうすると、嵐も君にあわせるように足どりを変える。君はもう一度足どりを変える。すると嵐もまた同じように足どりを変える。何度でも何度でも、まるで夜明け前に死神と踊る不吉なダンスみたいに、それが繰りかえされる。なぜかといえば、その嵐はどこか遠くからやってきた無関係ななにかじゃないからだ。そいつはつまり、君自身のことなんだ。君の中にあるなにかなんだ。だから君にできることといえば、あきらめてその嵐の中にまっすぐ足を踏み入れ、砂が入らないように目と耳をしっかりふさぎ、一歩一歩とおり抜けていくことだけだ。そこにはおそらく太陽もなく、月もなく、方向もなく、あるばあいにはまっとうな時間さえない。そこには骨をくだいたような白く細かい砂が空高く舞っているだけだ。そういう砂嵐を想像するんだ。

（『海辺のカフカ』上巻10頁、強調原文）

「砂嵐」とは、カフカ自身の「中にあるなにか」が作り上げるのだとカラスは言います。そしてその「なにか」とは、作品を読み進めてゆくと明らかになりますが、「母親に愛されなかった自分」というカフカの信念と関係があるようです。

そして十五歳の誕生日を迎えた時、カラスはカフカにこの「砂嵐」をくぐり抜ける旅に出るよう促します。「君はこれから世界でいちばんタフな15歳の少年にならなくちゃいけないんだ」と諭し、カフカに家出をさせるのです。

家を出てひとりで生きていくために、カフカはそれまで時間をかけて準備をしてきました。誰にも頼らず生きていけるように身体を鍛え、学校で教えられる知識を吸い取り紙のように吸収しました。これは決して穏やかな生き方ではありません。気づけば目つきは「とかげのような冷ややかな光を浮かべ」(同20頁)、顔は限りなく無表情になっていました。

幸いにも、旅の目的地として選んだ香川の高松市では信頼できる人々に恵まれ、カフカは他者と心の通い合う関係を紡いでいきます。特に図書館司書の大島さんは、ホテル暮らしを続けようとするカフカの金銭事情を気遣い、館長の佐伯さんにかけ合って図書館内の一室を住まいに使えるよう取り計らってくれます。

たったひとりでタフに生きていくと固く心に決めた少年は、これらの人間関係を通して社会との繋がりを回復させ、小説の終わりの方では、東京の学校に戻って義務教育を終えることを決意します。この〈成長物語〉において重要な位置を占めるのが、カフカの自己肯定感の回復です。母親に捨てられたという過去の傷を癒していく過程が物語の中心軸となります。どのように傷を癒すのか。カフカは、〈仮説の有効性を信じる〉という方法によって、過去を書き換える試みを実践します。

カフカは、母親の年齢に近い女性を見つけては、それが自分の母親であるという可能性を想像しながら生きてきました。五十歳になる図書館館長の佐伯さんに対しても、カフカは彼女が自分の母親である可能性を探ります。佐伯さんが東京にいた時期がカフカが生まれた頃であることを知ると、さらに期待を高め、彼女が自分の母親ではないかと問いかけます。しかし、佐伯さんはその仮説を肯定も否定もしません。

「その仮説の中では、私はあなたのお母さんなのね」

「そうです」と僕は言う。「あなたは僕の父と暮らし、僕を産み、それから僕を捨てて出ていった。僕が四つになったばかりの夏に」

「それがあなたの仮説」
僕はうなずく。

（『海辺のカフカ』下巻138—139頁）

カフカは、否定されない限り仮説は有効であると捉えて佐伯さんと接し続けます。

母をゆるす

複雑な物語が錯綜するこの小説を要約すると、カフカが高松にいる間に父親が何者かに殺されたため、カフカが重要参考人として警察に追われることになります。図書館で生活する間に、佐伯さんの生き霊が十五歳の頃の姿でカフカの滞在する部屋に夜な夜な現れるようになり、彼女を通してカフカは五十歳の佐伯さんに恋をします。カフカは五十歳の佐伯さんに思いを伝え、その後彼女と身体を重ねることになります。しかしカフカを警察から匿うために大島さんが山奥に所有する小屋へ彼を一時的に避難させた数日の間に、佐伯さんは命を落とします。

大島さんが用意した小屋は電気も電波も届かない山奥にあり、周囲は深い森に囲まれています。森の中には入らないよう注意を受けていたカフカですが、何かに導かれるように森の中深くに入っていきます。森の奥は黄泉の国を思わせる空間に繋がっていて、そこでカフカは亡くなったばかりの佐伯さんと話をします。カフカは佐伯さんにもう一度、彼女が自分の母親ではないのかと聞きます。そこで佐伯さんは、次のように答えます。

「私は遠い昔、捨ててはならないものを捨てたの」と佐伯さんは言う。「私がなによりも愛していたものを。私はそれがいつかうしなわれてしまうことを恐れたの。だから自分の手でそれを捨てないわけにはいかなかった。奪いとられたり、なにかの拍子に消えてしまったりするくらいなら、捨ててしまったほうがいいと思った。〔中略〕それは決して捨てられてはならないものだった」

「そしてあなたは捨てられてはならないものに捨てられた」と佐伯さんは言う。「ねえ、田村くん、あなたは私のことをゆるしてくれる？」

「佐伯さん、もし僕にそうする資格があるなら、僕はあなたをゆるします」と僕は言う。

（『海辺のカフカ』下巻470―471頁）

佐伯さんの言葉は曖昧ですが、彼女も幼い子供を捨てた経験があることがわかります。また「捨てた」理由が、子供を「なによりも愛していた」からであるという部分は重要です。注目すべきは、佐伯さんがカフカの母親であるかどうかを明らかにしない、つまり仮説の有効性を否定しないことです。これによって二人は親子関係を擬似的に体験します。大切な存在を捨てた母親と大切な存在に捨てられた少年が、相手を息子・母親とみなし、ゆるし合うのです。

この後佐伯さんは尖った髪留めの先を腕に突き立てて、カフカはそこから流れる血を口に含みます。これは母親の血液（母乳の成分）を体内に入れるという、子と母の関係を思わせる行為です。この儀式を通して二人は〈親子関係〉を成立させ、互いにゆるす行為を完了させます。そして佐伯さんはカフカに元の世界に戻るよう促して去っていくのです。

この過程を経て、カフカは図書館に戻ったのち、東京に帰って義務教育を修了することを決めます。それは警察から逃げ回る生活をやめて、より自由に生きていくために必要なプロセスでした。大島さんに最後の挨拶をしたとき、カフカは大島さんに初めて笑顔を見せます。訓練して表情を殺し続けてきたカフカにとって、笑うのは本当に久しぶりのことでした。

カフカはこのようにして、長年苦しみ続けた〈なぜ自分は母親に捨てられたのか〉という問いから解放されます。それは仮説の有効性を信じることで実現しました。佐伯さんは自分がカフカの母親であるかという問いに最後まで答えません。ここには『海辺のカフカ』において、この問いの答えが重要ではないことが示唆されています。代わりに小説が提示する重要なテーマは、徹底的に傷ついた少年がどのように傷を回復しうるかということでした。多感な子供時代に、親、特に母親に捨てられるという経験は、その後の人生を深く左右する傷を作ります。本当の母親との再会なくして決して癒されない傷、そのような傷を抱えた人間が回復しうる方法として、小説は擬似体験として母と再会する方法を描きます。

〈自分を守るための想像力〉とは

誰もが親や大切な誰かとの関係で傷ついた経験を持つし、それを長く引きずる人もいるでしょう。カフカ少年は「母親が出て行った」という事実について、なぜそんな日に遭ったのかを懸命に想像します。「ドライブ・マイ・カー」の家福のように、答えが得られなくても問い続けるのです。その結果、自分は「母親に捨てられるような人間」であり「価値のない人間」だからであるという認識が生まれ、この仮説によって本人は苦しみます。

しかしカフカ少年は、佐伯さんとの交流を通じて「母もまた苦しんでいた」ことに気づきます。この理解は仮説の見直しを迫ります。少年は、絶対的だった〈傷ついた自分〉という像を相対化し、母をゆるし、過去を新たな意味で捉えるようになるのです。こうして〈愛されなかった自分〉という像は〈愛されていた自分〉へと書き換えられ、人生に主体性が取り戻されていきます。

佐伯さんが母親かどうかは、自分の外部から判断されうることですが、カフカはそれよりも自分の内的決定を優先します。彼は外部の現実に翻弄されるのではなく、〈自分で現実を選ぶ〉と決め、それによって生きる意欲を取り戻していくのです。

自分で現実を選ぶとは、妄想によって自分に都合のよい現実を作り上げることではありません。外部から逃げるためではなく、外部との繋がりを回復するために、まず〈選ぶ自分〉を確立し、〈選ぶことができる自分〉への確信を高めることで、〈傷〉〈だと信じるもの〉に感情を揺さぶられるあり方を脱することができます。

ナカタさんの場合と同様、カフカ少年も自分の〈内側の軸〉を取り戻します。そして、過去を「書き換える」ことができました。事実そのものは変わらないとしても、〈軸〉に基づいてそれに付与する意味が変われば現実も変わるのです。カフカが自分で決められるようになったとき、「カラス」は消え去ります。

「ゆるす」とは「ゆるめる」や「緩《ゆる》し（ゆるい）」に由来すると言われます。張り詰めた糸より、ゆるんだ糸の方が強靭です。同様に、恨みや怒りで心身を硬直させれば、自分を脆くします。カフカは母への恨みから自己肯定感を失い、他者に心を閉ざしました。「タフ」になろうと孤独を選びましたが、その〈硬さ〉がかえって彼を苦しめてきたのです。

カフカが新たに身につけた強さは、孤独に耐える〈硬さ〉ではなく、恐怖や怒りから自分を解放し、現実を受け入れる〈柔らかさ〉をもったものでした。現実を選ぶ自由があると気づいたとき、カフカは外部を警戒するあり方をやめます。その緊張からの解放が、彼の顔に微笑みを取り戻したのです。

『海辺のカフカ』は、少年時代に傷つけられ、外部との関係を拒んで生きてきた二人の人間が、外部との繋がりを回復することを描いた物語です。外部との繋がりを回復するために必要だったのは、自分の存在に対して想像力を働かせることでした。ナタカさんにとっては、「頭が悪い人間」であるという自己認識をやめて、自分も〈他人に確かな影響を与えうる存在〉であると認めることが必要であり、カフカにとっては、自分は価値がないから母親に捨てられたのではなく、愛されていたから母親に去られたのだという仮説を受け入れることが必要でした。自分に向けた想像力が、それまでの頑《かたく》なな自己像を脱して、困難ではあるけれども主体的な意志に基づいた人生に、二人を踏み出させるのです。この主体性が〈自由に生きる〉感覚と表裏一体であることは、容易に想像されるのではないでしょうか。

想像力というと、相手の気持ちを汲み取るための想像力や新しいアイディアを創造する想像力など、外にベクトルを向けた力が一般にイメージされやすいものですが、〈自分を守るための想像力〉も重要であることが、村上文学では示されています。自分を守ることの重要性が強調されるのは、利己的なあり方を促すためではありません。自尊心の低い人間、つまり自虐的な人間は、自分を守るために過度に攻撃的になったり（カフカ）、自分の存在の責任を引き受けなかったり（ナカタさん）するために、結果的に自分に対しても周囲に対しても好ましい役割を果たすことはないからです。

想像によって心に取り込まれたイメージが「私」のあり方に及ぼす影響の強さに注意しておくことも重要です。想像力の働き方次第で、私たちは自由な生き方に踏み出すこともあれば、不自由な生き方から脱せなくなることもあるでしょう。村上文学は、自由に生きるために想像力とどう向き合うべきかを教えてくれるのです。

第六章　資本主義社会をどう生きるか

──「交換」から「象」へ

第二章で触れた村上春樹の「壁と卵」のスピーチは、次のように終わります。

Take a moment to think about this. Each of us possesses a tangible, living soul. The System has no such thing. We must not allow the System to exploit us. We must not allow the System to take on a life of its own. The System did not make us: we made the System.（少し考えてみてください。私たちは誰もが手で触れられる、生きた魂を持っています。「システム」にはそのようなものはありません。だから「システム」に私たちを搾取させてはいけません。「システム」自体が命を持つことを許してはいけません。「システム」が私たちを作ったのではなく、私たちが「システム」を作ったからです。）

村上作品には「システム」（組織）という大きな存在が繰り返し描かれます。主人公たちはシステムに立ち向かうことを求められますが、その消滅が物語のゴールになるわけではありません。個人はシステムの恩恵を受けずには生きられないからです。重要なのは、〈私たちが「システム」を作った〉という事実を忘れず、システムに不自由な生き方を強いられることがないよう、賢くつきあうことです。

1 スパゲティーを茹でるという豊かさ

料理上手な「僕」たちと、家事に手間をかけてはいけない社会

村上作品の主人公たちは家事をそつなくこなします。妻がいても頼らず、食事の支度や掃除に洗濯、アイロンがけまで、日々の暮らしを整えるために必要な作業に時間を惜しまず取り組む姿が印象的です。

家事の中でも「僕」たちの料理への献身は特に目を引きます。「僕」たちの多くは料理上手です。といってもテーブルに並ぶものは身近な家庭料理が中心で、高級食材や特別な調理器具に頼るものではありません。冷蔵庫にある食材と調味料を上手に使って、自分や妻や訪れた友人のために即席で料理を作ります。ごちそうになる友人は大抵、「僕」の料理の腕に感心し、味にも満足して帰ることになります。

僕は長葱と梅肉のあえものを作ってかつおぶしをかけ、わかめと海老の酢のものを作り、わさび漬けと大根おろしに細かく切ったはんぺんをからめ、オリーブ・オイルとにんにくと少量のサラミを使ってせん切りにしたじゃが芋を炒めた。胡瓜を細かく刻んで即席の漬物を作った。昨日作ったひじきの煮物も残っていたし、豆腐もあった。薬味にはたっぷりと生姜を使った。

「素晴らしい」と五反田君は溜め息をついて言った。「天才的だ」

（『ダンス・ダンス・ダンス』下巻185頁）

「僕」たちがこのように食事作りに十分な時間をかけられるのは、主人公が作家やフリーランス、休職中の男など、時間に余裕のある人物であるためです。

村上作品では、おいしそうな昼ごはんが特に印象的です。これが魅力的に感じられる理由は、平日の昼ごはんを自宅で調理してゆっくり味わうという「僕」たちにとって自然なことが、多くの勤め人には叶わないためです。「僕」の生活の時間的「贅沢」ぶりがよくわかるのが、スパゲティーを茹でる場面です。スパゲティーは村上作品の定番料理ですが、特にそれが印象的なのが『ねじまき鳥クロニクル』です。

平日の昼前にスパゲティーを茹でていると、知らない女性から電話がかかってきます。十分だけ電話で話したい、と女性に頼まれますが、相手の意図がわからない「僕」は、「悪いけど、今スパゲティーをゆでてるんです。あとでかけなおしてくれませんか」と言って断ります。スパゲティーの茹で加減に対する「僕」のこだわりがよくわかる場面です。スパゲティーを理由に電話を切れる人はなかなかいません。

この場面が、ご飯と味噌汁ではなく、スパゲティーを作っていたというところは重要です。茹で加減が大切なスパゲティーは、茹でる時間を適切に測り、茹で上がったら手早く調理することが求められます。また、出来立てこそおいしいスパゲティーは保存したりせず、その場で食べるべきものでもあります。そんな料理を平日の昼に食べられるというのは、企業勤めをしない「僕」の特権なのです。平日に家でスパゲティーを作って食べるという幸せを、日本で働く多くのサラリーマンは味わうことができないのです。

そんなことに幸せを見出さない人も多いかもしれません。平日に家でスパゲティーを食べなくてもいいと。大切なのはスパゲティーを食べるかどうかではなく、そんな些細な幸せを、私たちはどれほど日々の生活において自ら作り出せているかということです。

家事に手間と時間を惜しまない人物が珍しいのは、私たちの社会には暗黙の前提として、家事にはできるだけ時間をかけないことが「正解」であると考える傾向があるからです。科学技術の発展によって、様々な家電や調理器具が発明され、女性たちは家事にかける時間を短縮できるようになりました。機械だけでなく、様々な即席料理や便利な調味料が開発され、以前ほど手間をかけずとも食事を用意することが可能になります。このようにして、家事から解放されるという「幸福」が社会で共有され始めました。

これらの社会の「発展」は、家事にかける時間を「非生産的」なものとみなす空気を醸成し、「生産的」な時間の使い方として、経済的活動へより多くの時間を割くことが理想とされるようになりました。経済的活動にかける時間の長さが幸福や成功と結びつけられることによって、家事にはできるだけ時間をかけないことが好ましいと考えられるようになるのです。こうして「豊かさ」と「幸せ」の形が新たに作られました。

村上は、「非生産的」な生活をする主人公たちを描くことで、経済的豊かさだけでは得られない幸せや、経済的豊かさを追い求める中で失われてしまった別種の豊かさを伝えているようです。料理に時間をかけられることはその一つだと言えるでしょう。

「無駄なこと」の中に現れる自由と豊かさ

家事にできるだけ時間をかけないことを「豊かさ」と捉える現代は、忙しいことを豊かだと捉える時代でもあります。そしてこの忙しさは多くの場合、収入に直結する活動や、その収入に頼った消費活動を行うことによってもたらされます。忙しさが豊かさと等しくなってしまうと、忙しい生活を正当化する思考が働きます。仕事だけでなく余暇においてすら、スケジュールが埋まっていないと、不安になったり何か損をしているような気がしたりする人もいるでしょう。豊かさを獲得するためには忙しくて当然だという考え方は、もちろん日本だけのものではありません。興味深いのは、忙しくして生きることが当然視されるような時代に、忙しい主人公を描かない村上春樹が世界的人気を博していることです。

アメリカの政治経済学者ジュリエット・ショアーは、時間はいまや「通貨」と同じような扱いになり、それは「過ごす」というより「費やす」ものになっていると言います（『働きすぎのアメリカ人』原著一九九一年）。時間はお金と同じように、「残高」を気にしながら上手に「費やす」ものになったということです。

一方で、村上の主人公たちは時間を「過ごし」ます。時間を「過ごす」ことは、何かに急き立てられて日々の行動を決めるとか、「忙しさ＝豊かさ」にかまけて生きるとかしていては実行できません。時間を費やしているのではなく「過ごして」いるのだと読者に気づかせるのが、主人公が料理や家事を丁寧に行う姿です。彼らの家事や料理は、誰かに押し付けられているわけではありません。村上作品に登場する夫婦にはほとんどの場合子どもがいないため余裕があるという側面はあるでしょうが、たとえば独身であっても、日々の生活において家事や料理を楽しむ余裕をもてる人は多くないでしょう。

村上作品の主人公たちは、時間を「費やす」のではなく「過ごす」ために、意識的に家事や料理を丁寧にこなし、その過程を楽しんでいます。消費社会では〈価値の低い〉、〈無駄〉と切り捨てられやすい行為を楽しむことができる、そしてその楽しさを〈知っている〉というあり方に、彼らは「豊かさ」を認めているのです。経済活動につながる行為が無批判に歓迎されやすく、またそのことによって増幅する忙しさが「しかたがないもの」として肯定されやすい社会であるからこそ、その「死角」に読者が気づけるように村上は独特の主人公たちを描き続けているとも解釈できるでしょう。

村上作品における料理の場面に関して、もうひとつ興味深いのは、料理を丁寧に行う人物に主人公たちが信頼を置くという点です。次に引くのは『世界の終りとハードボイルド・

ワンダーランド』の一節です。主人公は、特殊な研究をしている老博士に呼び出され、東京の地下深くにあるその研究所まで、老博士の孫であり、助手としての役割を果たしている「ピンクの服を着た太った女」に案内されます。老博士と面識のない「私」は、相手が信用できるかどうか疑いながら「女」に連れられて老博士と面会するのですが、「私」の緊張をほぐしたのは「女」が作ったサンドウィッチでした。

そのサンドウィッチは私の定めた基準線を軽くクリアしていた。パンは新鮮ではりがあり、よく切れる清潔な包丁でカットされていた。とかく見過されがちなことだけれど、良いサンドウィッチを作るためには良い包丁を用意することが絶対に不可欠なのだ。どれだけ立派な材料を揃えても包丁が悪ければおいしいサンドウィッチはできない。マスタードは上物だったし、レタスはしっかりとしていたし、マヨネーズも手づくりか手づくりに近いものだった。これほどよくできたサンドウィッチを食べたのはひさしぶりだった。

（『世界の終りとハードボイルド・ワンダーランド』上巻81頁）

「私」は「女」の作ったサンドウィッチを見て、仕事に対する彼女の慎重で丁寧な態度を確信します。料理への態度を通じて、仕事一般への態度を信頼するのです。食事を用意することをいい加減にはしない相手を、村上の主人公は信用するのです。

実は、英訳版では右のサンドウィッチの場面がカットされています。翻訳に際しては小説の展開に不要と思われる部分が省略されることは珍しくありませんが、この「不要」と判断された記述の中にこそ、村上の伝える豊かさの本質があったはずです。ここにはまさに、〈無駄〉なものを切り捨てる現代的な価値観が表れていると言えるでしょう。

村上はインタビューで次のように言っています。

〔前略〕いま我々に何かを「強制している」もの、それが善的なものか悪的なものかを、個々の人間が個々の場合で見定めていかざるを得ない。それは作業としてすごく孤独で、きついことですよね。自分が何を強制されているのか、それをまず知らなくてはならないし。

もう一つの問題は、システムは、それがどのようなシステムであれ、個々の人間が個々に決断を下すことを、ほとんどの場合認めないということです。

（『考える人』二〇一〇年夏号34頁）

料理や家事は家庭などの閉じた空間で行われるため、社会的な評価は期待できません。だからこそ、できるだけ手間と時間をかけたくないと私たちは考えがちです。しかし、他人から評価される行為でないからこそ、また、対価を受け取るための行為でないからこそ、自らの自由な意志でそれらを丁寧に行う主人公たちを描くことで、村上は読者に、「自分は何を強制されているのか」を気づかせようとしていると言えます。消費社会の都合で出来上がった豊かさや幸福の概念に縛られて不自由に陥り、自らが信じる〈豊かさ〉を生み出すことができていないのではないかと、村上文学は問いかけます。

忙しくない主人公を描き続ける村上春樹が世界中で受け入れられるのは、〈無駄〉の中にこそ思い出すべき〈豊かさ〉が潜んでいると、読者が気づいているからかもしれません。

2　都合の悪い存在でいることの価値――「象の消滅」

「商品にならないファクター」

日本では多くの場面で「空気を読む」ことが求められます。食べ物から将来の夢に至るまで、あらゆる局面での選択には「常識」という規範があり、そこから外れると周囲から注意を受けることがあります。村上春樹がバーを手放して専業作家を目指した際も、周囲から忠告されました。「標準」とされる生き方から外れるのが困難であることを知っているからです。

しかし、「常識」とは必ずしも倫理的で正しいものではなく、社会や権力にとって「都合がいい」理由で形成されることが少なくありません。それを多くの人が疑問を持たず受け入れ、他人に押し付けることもあります。ここでは村上の短編「象の消滅」（一九八五年発表、『パン屋再襲撃』収録）を取り上げ、「都合の悪い」存在として描かれる象に焦点を当てます。

あるニュースが小さな町を席巻しました。町から突然象が消えたのです。町が運営する動物園が閉鎖になったとき、そこで飼われていた動物のほとんどは近隣の動物園に引き取られましたが、その老いぼれた象だけは引き取り手がありませんでした。よぼよぼの象に経済的展望を見出す動物園はなかったのです。町が堂々と「処分」するわけにもいかず、結局町の「シンボル」として象はひきとられ、廃校になった小学校の体育館で管理されることになります。

この短編の主人公は、前章で取り上げた「片桐」と同様、村上作品には珍しいサラリーマンで、大手の電気器具メーカーの広告部で働いています。動物園が閉鎖になると知ってから象の行く末に関心を持ち、関連する新聞記事を集め、週末には象舎を見に行くほどでした。そしてその象が突然「消滅」したというニュースを知ります。記事によると、足にはめられていた鉄輪は鍵を開けられたり壊されたりした形跡もなくそのまま残っていました。周囲には足跡もありません。「脱走」と言える証拠がない状況では「消滅」としか言いようがありません。

この象に主人公は稀有なほど強い関心を覚えます。それは彼の職場での振る舞いと対照的です。会社が新しく販売する台所用品の宣伝パーティの担当を任された彼は、取材に来ていた女性雑誌の編集者を相手に、商品のキッチンについて説明します。

「いちばん大事なポイントは統一性なんです」

どんな素晴しいデザインのものも、まわりとのバランスが悪ければ死んでしまいます。色の統一、デザインの統一、機能の統一——それが今のキッチンに最も必要なことなんです。調査によれば、主婦は一日のうちいちばん長い時間をキッチンの中で過します。キッチンは主婦の仕事場であり、書斎であり、居間なんです。だから彼女たちはキッチンを少しでも居心地の良い場所にしようと努めています。広さは関係ありません。たとえそれが広くても狭くても、優れたキッチンの原則はひとつしかないんです。シンプルさ、機能性、統一性です。

（『パン屋再襲撃』58頁）

目の前で紹介されるキッチンのデザイン性が想像できる説明です。色もデザインも機能も統一性が命。デザインを引き立たせるにはまわりとのバランスが不可欠。いかにも女性たちが喜びそうなキッチンの説明です。

「僕」の説明に対して、編集者の女性は尋ねます。

「台所には本当に統一性が必要なのかしら？」と彼女は質問した。
「台所じゃなくてキッチンです」と僕は訂正した。

（同59頁、強調原文）

つまり、キッチンには統一性が不可欠だけれど、台所は必ずしもそうではないということが含まれています。

「台所にとって統一性以前に必要なものはいくつか存在するはずだと僕は思いますね。でもそういう要素はまず商品にはならないし、この便宜的な世界にあっては商品にならないファクターは殆んど何の意味も持たないんです」

（同頁）

台所にはキッチンにはない特性があるが、それは商品にならない、つまり経済的生産性がない、と「僕」は言います。彼が売っているものは台所ではなくキッチンです。そして彼が、経済的生産性を理由に引き取り手のなかった老いた「象」に関心を寄せた点は、作品の重要なポイントです。

「便宜的な世界」から去った象

町の動物園が閉鎖に追いやられたのは経営難が理由でした。動物園の跡地は高層マンション群の建設にあてられることになりました。つまり利益の少ない動物園から、町の税収に大きく貢献するマンションに切り替えられたのです。マンション群といえば統一されたビルの集合体です。主人公が宣伝するキッチン同様、「色の統一、デザインの統一、機能の統一」はマンション建設にも不可欠です。なぜなら「どんな素晴しいデザインのものも、まわりとのバランスが悪ければ死んでしま」うからです。

高級マンションと対照的なのは、動物園の残り物だったよぼよぼの象です。年齢が若く、飼育費用が高額でない動物が引き取られやすいなか、老いた象は金食い虫でしかありません。象は、「僕」の台所の説明にあるように、便宜的な世界において「商品にはならない」存在です。かつ、高層マンション群と違って残り物の象は「まわりとのバランスが悪」い、つまり〈空気を読まない〉存在なのです。

行き場のない象の処遇をめぐって、町は紛糾します。あまりに大きく、公に「処分」ができないため、町が象を引き取ることになりますが、いざというときになって議会の野党を中心に象を引き取るメリットがないと、反対運動が起こりました。「象を飼ったりする前に下水道の整備や消防車の購入等、町の為すべきことは多々あるのではないか？」というのが彼らの主張でした。つまり経済的に貢献しない象に町の予算を使うのは無駄であるから、もっと町民の実生活の役に立つことにその費用をあてるべきだということです。

そんな〈空気の読めない〉象に惹かれる主人公の関心は何を意味しているのでしょうか。「僕」は象について書かれた新聞記事を集めますが、その多くはどうやって象は脱走したのかに関する議論や、その後の議会や住民からの批判と責任追及についての記事で、「僕」が求める情報はありません。「僕」が知りたいのは象がどうやって消えたかではなく、どうして消えたか、つまりどうして消えることを選んだか、だからです。

「僕」は象が消えるまで、裏山から象舎を眺めることを習慣にしていました。そしてそこである種の癒しを感じていました。理由は、象が、「僕」が便宜的な社会で売る商品とは対照的であったこと、つまり便宜的な社会に必要とされない存在だったことです。

「僕」はサラリーマンとして働くうえで、自らも便宜的な存在であることを求められます。統一性を重視する社会で、異物として周囲とバランスを欠かないよう気をつけて生活するよう求められます。それは現代人の多くがそうであるように、疲れる生き方です。基準は自分にではなく外部にあるからです。外部が設定した基準に自分を合わせて生きることを求められるからです。外部が設定した基準とは、「僕」が女性編集者とのやり取りの中でも言ったように経済的生産性に一致するかどうかです。象はそんな外部の基準を一切無視する存在でした。「僕」を惹きつけたものは、そんな象の「空気を読まない」あり方でした。

その社会から象は「消滅」してしまいました。脱走して別の場所に移動したのではなく、その世界という次元を去ったのです。象は資本主義社会の犠牲として「消された」のかもしれないし、自ら「消えた」のかもしれません。いずれにせよ、そこが象にとって居心地のいい場所ではなかったことは確かです。

象が消えてしまってから、「僕」は精神的にバランスを崩します。

象の事件以来僕の内部で何かのバランスが崩れてしまって、それでいろんな外部の事物が僕の目に奇妙に映るのかもしれない。その責任はたぶん僕の方にあるのだろう。

（『パン屋再襲撃』72頁）

象によって、つまり利益重視の社会に抵抗する存在によって支えられていた、ある種のバランスが崩れたのです。象が消えたことで「僕」の世界には便宜的なものしかなくなりました。商品として価値のあるものだけになったのです。「僕」はそこで生き続けなければなりません。

僕はあいかわらず便宜的な世界の中で便宜的な記憶の残像に基いて、冷蔵庫やオーブン・トースターやコーヒー・メーカーを売ってまわっている。僕が便宜的になろうとすればするほど、製品は飛ぶように売れ〔中略〕僕は数多くの人々に受け入れられていく。おそらく人々は世界というキッチンの中にある種の統一性を求めているのだろう。デザインの統一、色の統一、機能の統一。

（同72―73頁）

象のいない世界で、「僕」はより有能なサラリーマンとして働きます。そうすればそうするほど、「僕」は世界に受け入れられていきます。このようにして作品は幕を閉じます。決して幸せな終わり方ではありませんが、絶望でもありません。「僕」は象事件の前も後もサラリーマンとして便宜的社会に貢献します。変わったのは、便宜的社会からこぼれるものと「僕」を関係づけていたものの有無です。象がいなくなったことで「僕」の生活が大きく変わったわけではありません。しかし、何かとても大切なものが「僕」のなかで失われたことは確かなようです。

臓物を抜かれて乾燥された巨大生物

象がいなくなったあとの象舎は、「僕」に巨大生物のミイラを思わせます。

象のいない象舎はどことなく不自然だった。必要以上にがらんとして無表情で、それは臓物を抜かれて乾燥された巨大生物のように見えた。

（『パン屋再襲撃』42頁）

「臓物を抜かれて乾燥された巨大生物」というのは、生き物の生命維持機能を司る内臓を失って外側の器だけになってしまった生物のミイラを想像させます。それが「象のいない象舎」だというのです。

この巨大生物は、「僕」が生きる便宜的な社会を象徴的に説明しています。人の臓物は必要なエネルギーを消化吸収し、不必要な物質を体外に排出します。体内に必要な水分とエネルギーを循環させ、流れが滞ると不調や病となって現れます。象のいない社会とは、「臓物」が抜かれた社会、つまり有機的な活動に必要な機能が欠如した社会といえます。

「象の消滅」が書かれた一九八〇年代はバブル景気の真っ只中で、大規模な資本が投下され、経済活動が活発だった時期です。それは日本社会が「巨大な収奪機械」であるように村上に想起させた時代です（本書第一章参照）。社会がより効率よく利益を生み出せるよう邁進する中、「象」が象徴する効率性を阻害する「不都合な」要素は排除されていく運命にありました。

台所のように「商品にならないファクター」が「消滅」し、経済的生産性という統一性が軸になる世界とは、村上が懸念する「悪しき力」が支配しやすい世界でもあります（本書第二章参照）。「粗雑で単純な物語」に人々が魅力を感じ、現実の重層性に意識を向けようとしない。そして〈こちら側〉の都合に合わないものが取り除かれることに合理性を感じる。そんな世界です。一面的な価値観に囚われると、人は自らが所属する社会の方向性を冷静に観察する姿勢を失います。この作品は、高度経済成長とともに価値観が統一されていく社会で、台所や象に対して愛着を感じる主人公を通して、「不都合な」存在が「消滅」していく社会への危機感を描いているのでしょう。利便性を重視する社会が、価値観が多様であっていいという自由を奪っている可能性について考える機会を与える作品だと言えます。

3 「交換」という正しくない選択——「パン屋再襲撃」

襲撃先はマクドナルド

資本主義社会は等価交換の概念で支えられています。りんごが欲しかったら、りんごと同等の価値が認められるものを差し出す必要があります。りんごが複数の場所で大量に生産されれば、それだけ安く売られますが、生産地が限られる、または収穫量が少ない場合には、高値で取引されます。つまりりんご自体の価値より、他とのバランスで価値を測られるのです。

交換は時に暴力的な行為ともなります。生産者がどれだけの時間働いたか、どれだけの経費が生産にかかったか、どれほど美味しいりんごか、またはどれほど愛情をかけて育てられたりんごか、を基準に値段が決まるわけではありません。それは驚くほど高価かもしれませんし、残酷なまでに安価かもしれません。

村上の初期作品には、資本主義に疑問を呈す主人公たちが多く描かれます。「パン屋再襲撃」もその一つです。

ある新婚夫婦が夜中にひどい空腹で目を覚まします。冷蔵庫にはお腹を満たすようなものは何もありません。試しに缶ビールを数本飲みますが、空腹はおさまりません。すると「僕」は同じようなひどい空腹を感じた学生時代を思い出し、妻に語り始めます。

それは初めてパン屋を襲撃した話でした。当時彼が相棒と呼んでいた友人と「僕」の二人はお金がなくお腹を空かせています。そこで近所のパン屋を襲ってパンを盗もうと考えます。襲撃に訪れたパン屋の主人は、若者の要望を聞くと、店の音楽プレーヤーでかけているワグナーを一緒に聴いてほしい、そうすればパンは好きなだけ持っていってよい、というのです。二人は言われた通り、主人とワグナーを聴くと、パンをかばんに放り込んで帰ります。

簡単に空腹は満たされたのですが、この体験は二人にある種のショックを与えました。どうしてワグナーを聴くとパンをもらえるのか、二人はこの相関関係について何日も話し合いますが、答えはでません。

「まともに考えれば選択は正しかったはずだった。誰一人として傷つかず、みんなそれぞれにいちおうは満足したわけだからね」と「僕」は考えます。それでも、「そこに何か重大な間違いが存在している」（『パン屋再襲撃』22―23頁）と感じ、この謎が解けないことが二人を呪いのように悩ませたというのです。この出来事がきっかけで、二人は疎遠になってしまいます。

妻は話を聞くと、その「呪い」は今でも有効で、「何年も洗濯していないほこりだらけのカーテンが天井から垂れ下っているよう」（同25頁）なものだと言います。そしてそのほこりを払うために、今の相棒である自分と襲撃をやり直さなければならないと言うのです。もう一度パン屋を襲撃し、今度こそ成功しなければならないと。

二人は深夜車を走らせますが、深夜営業のパン屋は見つかりません。妻がそこで選んだ襲撃先はマクドナルドでした。

「襲撃」が「交換」に終わった歴史

「僕」と相棒の最初の襲撃は、一九六〇年代末の全共闘運動と関係があります。村上は当時早稲田大学の学生で、まさに全共闘世代でした。資本主義や社会システムやあらゆる権力への抵抗として学生たちが各地で起こした運動は、多くの大学を機能停止にし、当時の若者の精神に大きな影響を与えました。ヘルメットとゲバ棒に防塵マスクという出立ちで、学生たちはデモに参加し、大学にバリケードを張りました。「革命」「打倒」「粉砕」などの言葉が散りばめられたビラがたくさん撒かれました。しかし運動は失敗に終わります。警察に制圧された学生たちは、まもなく再開した授業に戻って行きました。運動は鎮められましたが、若者たちの心には消化不良という形でこの経験は残っていました。

「僕」と相棒の最初の襲撃は、全共闘運動のように失敗でした。二人が目指したものは「襲撃」であって「交換」ではなかったからです。二人はパン屋の主人の提案通りワグナーを聴くという行為と引き換えにパンを得ます。「もしパン屋の主人がそのとき我々に皿を洗うことやウィンドウを磨くことを要求していたら、我々はそれを断固拒否し、あっさりパンを強奪していただろうね」（『パン屋再襲撃』21頁）と「僕」は妻に言います。しかしワグナーを聴くという行為を労働と見なすのかという曖昧さが、「僕」と相棒にその「交換」を許しました。これによって「襲撃」をしたという実感がわかず、二人は悩み、関係を解消するまでになるのです。一緒にいる限り、その出来事を思い出してしまうからでしょう。ではどうしてここまで二人は「交換」を拒否したかったのでしょうか。

襲撃を通して二人が目指したことは、資本主義システムへの完全な拒否でした。それは貨幣システムという交換のルールを拒否することで実現できると考えました。私たちの資本主義社会では、労働によって得た貨幣で商品やサービスを購入し、生活を成り立たせています。つまり生活するには労働が必須なのですが、この労働と貨幣の交換の間には必ずしも「公平」な関係が成立しているわけではありません。

労働者本人が自分の一時間を差し出す代わりに得る対価を決められるわけではありません。会社に勤めれば会社が決めた金額を支払われますし、個人で商品を提供するのであれば相場によって値段を決めざるを得ません。

与えられた金額内に自分の労働力をはめ込まれることに私たちは慣れています。自らの時間に自分で値段を決めるようなことは許されません。合言葉は「しょうがない」です。そのシステムに慣れてしまうと、自分の一時間のもつ価値について考えることはありません。自分の価値を自分で決めるのではなく、査定されることに慣れているのです。

時間は命です。私たちはみな寿命を持って生まれてきます。つまり有限の時間を与えられて生きています。そのうちの一時間に値段をつけるということは、命自体に値段をつけることであるとも言えます。労働を通した交換システムを受け入れる限り、私たちの命は外部の誰かによって査定され続けます。

「僕」と相棒にとって、襲撃してお金を盗むのではなく、パンを盗むということに意味がありました。「僕」の言葉にもありますが、「我々は襲撃者であって、強盗ではなかった」（同18頁）のです。お金は交換のための手段であり、お金自体では空腹は満たされません。交換を拒否することで資本主義社会のルールを拒否しようとした二人は、お金という媒介を通した食材の獲得ではなく、ただパンを盗むことを求めたのです。

音楽を聴くという「交換」によって、中途半端な襲撃に終わってしまった過去は、村上世代の学生にとって中途半端に終わった運動と重なります。運動に参加した学生たちの多くは、教室に戻り無事に卒業し、エリートの卵として無難に就職し、日本の資本主義システムの強化に貢献していきました。ゲバ棒を下ろし、ヘルメットを脱ぐのと引き換えに、確実な収入を約束してくれる労働システムの一員になりました。彼らの襲撃は交換に終わってしまったのです。

作品中の「僕」も同様に卒業後は法律事務所で働いています。妻は「僕」の消化不良としての「呪い」を取り除くべく、襲撃のための襲撃を実行させます。今回は交換に終わらせないために。そしてマクドナルドに入ります。

徹底的な「交換」の拒否

武装して（なぜか妻は銃を車に積んでいて、「僕」を驚かせます）店に入ると、二人はシャッターを下ろして看板の電気を消すよう店員に命じます。すると店長はお金はあげるが、店を閉めることはできないと懇願します。

「金はあげます」と店長がしゃがれた声で言った。「十一時に回収しちゃったからそんなに沢山はないけれど、全部持ってって下さい。保険がかかってるから構いません」
「正面のシャッターを下ろして、看板の電気を消しなさい」と妻は言った。
「待って下さい」と店長は言った。「それは困ります。勝手に店を閉めると私の責任問題になるんです」
（『パン屋再襲撃』31頁）

命令を繰り返す妻に、店長はしぶしぶ従います。そして妻は注文します。

「ビッグマックを三十個、テイクアウトで」と妻は言った。

「お金を余分にさしあげますから、どこか別の店で注文して食べてもらえませんか」と店長が言った。「帳簿がすごく面倒になるんです。つまり――」（同32頁）

興味深いのは、店長が金銭の損失を躊躇わず、むしろ喜んで差し出そうとすることです。つまり襲撃者ではなく強盗になってほしいと頼むのです。それより店長が怖れるのは、責任を問われることと帳簿が合わなくなることです。金銭の損失であれば保険がカバーしているため、損失とはなりませんが、無断で店を閉めた店長の責任と帳簿のずれを、保険はカバーしてくれません。店側が想定していたのは強盗であって、襲撃者ではなかったということがわかります。つまり、人が欲しいものはお金であるという思い込みがマクドナルド側にあったということでしょう。もちろん「僕」と妻の目的は「襲撃」であって「強盗」ではないので、お金の受け取りは拒否します。「僕」と妻は、この期待を裏切ることが目的であったとも言えます。

結局店長と店員はビッグマックを三十個用意します。包装しながらアルバイトの女の子が言います。

「どうしてこんなことをしなくちゃいけないんですか？」と女の子が僕に向って言った。「お金を持って逃げて、それで好きなものを買って食べればいいのに。だいいちビッグマックを三十個食べたって、それがいったい何の役に立つっていうの？」

（同34頁）

彼女にとってもお金を受け取らない襲撃者の意図が理解できません。彼女自身がお金をもらうためにアルバイトをしているからです。彼女はビッグマックを食べることの意味を問いますが、二人にとってビッグマックを食べること自体に目的があるわけでもありません。強盗ではなく襲撃が目的なのです。

このようにして二人は襲撃を無事成功させます。つまり交換を拒否した物品の獲得を達成するのです。ビッグマックを三十個強奪するというだけの話ではありますが、この作品から現代の資本主義社会について多くを学ぶことができます。

効率とは「想像力の対極にあるもの」

私たちが当然とする交換の行為は、別の視点からは不思議に映るかもしれません。労働と賃金の交換は、人生の時間をお金という価値で数値化できるものに換えてしまいます。それによって日々の行動の優劣や優先順位が決まります。目指すべき人生の目標も自ずと雛形が決まっていきます。しかしそれは、私たちひとりひとりが心から望んでいるものとは限りません。絵を描くことが好きな人も、詩を書くことが好きな人も、その行為に時間をかける価値があるかどうかは、得られる賃金によって測られます。

エンデの『モモ』に描かれる時間泥棒たちは、人々に時間を銀行に貯蓄させることで利子を与え、人々が時間を熱心に節約するよう仕向けます。人々はお金欲しさに、時間をどんどん貯蓄し(時間泥棒に渡し)、結果的に減らされた時間内でそれまで通りの仕事をしようとするので、忙しさが倍増し、終始イライラして生活しています。ここには人が貨幣という収入を前にすると、時間の価値を忘れてしまう様子が描かれています。時間は有限で、かつ命の一部なのだということに気づかず、労働以外に使う時間の重要性を忘れてしまいます。それは人間関係に影響を与え、子供たちは大人から愛されず、ただ高価なおもちゃを与えられて放置されます。

資本主義社会が前提とする交換という行為が、生き方の基準を作り、かつその基準は人生の豊かさではなく、市場の豊かさを目指すために設計されているということに気づくよう村上の作品は訴えています。
村上は、効率とは想像力の対極にあり、自由な思考を許さず、小さな雛形に生き方の基準を押し込めてしまう「短絡した危険な価値観」だと言います。

どんな時代にあっても、どんな世の中にあっても、想像力というものは大事な意味を持ちます。〔中略〕想像力の対極にあるもののひとつが「効率」です。〔中略〕我々はそのような「効率」という、短絡した危険な価値観に対抗できる、自由な思考と発想の軸を、個人の中に打ち立てなくてはなりません。

（『職業としての小説家』235頁）

「パン屋再襲撃」はマクドナルドを襲撃してビッグマックを奪うという滑稽な話です。しかし、資本主義社会においてここまで交換の拒否にこだわった夫婦の「馬鹿げた」行為を、私たちは笑い飛ばせるでしょうか。マクドナルドの店員たちを困らせる二人にワクワクする読者は少なくないでしょう。それは経済的効率性を優先した社会の基準に合わせる日々に、無意識だとしても抵抗を感じる部分があるためではないでしょうか。
私たちは時間を売ることで命を切り売りしています。その命の犠牲に意識的になれば、交換を避けられない世界で、より深く思考し選択しようとする意識が育つでしょう。社会システムには簡単に対抗できないとしても、思考はいつでも束縛から自由になることができます。その自由の前提になるのは、現実の重層性をじっくり観察する意欲と、思考する自分への信頼です。

村上は次のようにも言います。

> 本当に価値のあるものごとは往々にして、効率の悪い営為を通してしか獲得できないものなのだ。
>
> （『走ることについて語るときに僕の語ること』252頁）

「効率の悪いこと」が「価値のないこと」だと判断する基準は自らが納得して作り上げたものではないと気づくこと、そしてそれを「卒業」すること――これらが自由に向かうための出発点であることを、村上作品は教えてくれます。

おわりに――自ら作った壁に向き合う

二〇一一年三月十一日、私はオーストラリアで大地震のニュースに触れました。友人から電話で知らされた瞬間、福島県西郷《にしごう》村に住む両親が瓦礫の下にいる姿を想像し、頭が真っ白になったのを覚えています。その後、両親の無事が確認できましたが、安堵する間もなく原子力発電所の事故のニュースが届きました。地震の揺れによる住宅の被害と原発事故の記事が、連日オーストラリアの新聞の一面を飾りました。

フクシマは、ヒロシマとナガサキに続いて誰もが知る地名となり、福島県出身の私は、大学の研究室内で突如、有名人になりました。日本は大丈夫なのか、故郷の家族は無事なのか、と毎日のように質問を浴びせられながらも、原発について何ひとつ知識を持たない私は、放射能の健康への影響についても判断しようがなく、「わからない」と答えるしかありませんでした。

文学を専攻していた私は、人文科学部所属の日本学科で村上春樹についての博士論文を書いていました。東日本大震災後まもなくフクシマへの学術的関心が高まり、人文科学の分野においてもフクシマを研究する人たちが目立ってきました。私が覗いた国際学会では、どこでも必ずフクシマに関する論文が発表されていました。

安全性が確認されるまで日本に帰って来るなと両親に言われていた私は、福島で家族や友人たち（妊娠中の親友たちも含まれていました）と不安を共有できないことに対するうしろめたさを、せめて福島に関する情報を集め、福島に関する研究発表をできるだけ聞きに行くことで解消しようとしていました。

しかし、そこで見聞きした研究の内容に、私が本当に知りたかったことは含まれていませんでした。私が本当に知りたかったのは、原発事故の詳細や放射線に関する客観的事実ではありませんでした。むしろ科学的根拠に基づいた客観的な考察を聞けば聞くほど、胸をえぐられるような感覚を覚えます。故郷福島との距離感を失っていた私は、フクシマについて語る研究者たちを公平な視線で見ることができず、彼らが研究対象として俎上に載せる福島、そして福島に住む人々のリアルな姿を想像しては、悔し涙を流すこともありました。

彼らの語りの中に、福島の人々の尊厳を損ねるような言葉があったわけではありません。彼らはそれぞれが何らかの使命感を持って研究を行っていたのでしょう。にもかかわらず、私が耐えられなかったのは、福島でまさにその瞬間、余震と放射能の恐怖に耐え続けている人々の声が無視されているように感じられたことでした。ここで無視されていることこそが知りたいと願っていたことだと、研究発表に接する中で気づいたのです。

このとき頭に浮かんだのが、村上の「顔のない多くの被害者の一人（ワン・オブ・ゼム）」という言葉でした。大切な人たちが「ワン・オブ・ゼム」として扱われることに、言いようのないもどかしさ、やるせなさを覚えたのです。

東日本大震災が起きた瞬間にオーストラリアで研究生活をしていたという経験は、今振り返ればありがたいものでした。客観的事実に重きを置いた語りを聞いて人が傷つくことがあるということを、体験を通して知ったからです。また、文学に没頭することで自分は何をしたいのかという問いに改めて向き合い、その意味を確認することができました。博士号取得後、日本の大学に職を得ましたが、結果的にその職から離れるという道を選んだことも、結局はここでの「確認」の結果によるものだったように感じています。

村上春樹が個人の声を重視するのは、ひとりひとりが持つ物語の力を信じているからです。誰もが持つ固有の物語にじっくり耳を傾ければ、小説の主人公に対してそうするように、共感したり寄り添いたくなったり、応援したくなったり、元気をもらったと感じたりします。また自分に対しても、自らが持つ物語のパワフルさに気づくことができれば、唯一無二の人生を生きていると自覚でき、自尊心を育むことに繋がります。自らの人生を愛おしく思うようになります。自己信頼が高まり、生きる勇気が湧いてくるのです。

＊

自分の内なる声に耳を傾け、自分の人生に向き合うということで、本当の自由の獲得に向けて一歩踏み出すことができます。自由を獲得できるかどうかは自分次第だということです。この考えは村上の現時点での最新作『街とその不確かな壁』（二〇二三年）にも表れています。

村上の長編小説の多くでは、「父」なる権威的な存在や大きな組織が主人公の前に立ちはだかり、主人公は何らかの形でそれらと向き合うことを要求されます。しかし『街と、その不確かな壁』には、村上作品には珍しく「父」なる存在は登場しません。完全で越えられない物理的な「壁」が登場しますが、これは権威的な存在によって作られるものではなく、主人公である「私」が内側に作り上げた「壁」として登場します。

主人公の「私」はある時、パラレルワールドとも言える別の世界に入り込みます。そこは頑丈な高い壁に囲まれた完全に閉じられた街として存在し、住民もその完全な閉塞性を理解しているため、外部に出ようとすることは決してありません。しかし主人公の「私」は、その世界で切り離されてしまった自分の「影」と二人で、その世界からの脱出を試みます。その世界で唯一の脱出口と思われる場所に向かう途中、壁は二人の前に立ちはだかり行く手を阻みます。

> 壁は言った。**おまえたちに壁を抜けることなどできはしない。たとえひとつ壁を抜けられても、その先には別の壁が待ち受けている。何をしたところで結局は同じだ。**
>
> 「耳を貸さないで」と影が言った。「恐れてはいけません。前に向けて走るんです。疑いを捨て、自分の心を信じて」〔中略〕
>
> 恐れてはならない。私は力を振り絞って疑念を捨て、自分の心を信じた。そして私と影は、硬い煉瓦でできているはずの分厚い壁を半ば泳ぐような格好で通り抜けた。
>
> （『街とその不確かな壁』174頁、強調原文）

その壁の強度は絶対的なものではなく、通り抜けようとする者の信念によって形状を変えます。通り抜けられると信じることで壁はゼリーのように柔らかくなり、その結果二人は越えられないと信じ込まされていた壁を通り抜けることに成功するのです。壁の強度を確かなものにしていたのは、越えられないと信じ込む人々の心だったということです。

壁を作っているのは自分だということ、そして壁を乗り越えられるか否かを決めるのも自分だということです。越えられないと信じれば壁は強度を増し、越えられると信じれば壁の不確かさに気づきます。壁の強度を上げているのは、自らの物語に対する無関心です。自らの物語が他者のそれと同じくらいかけがえがなく、力強いものであることを信じようとしない疑いの心が、本来不確かな壁を、確かな強度をもった壁にしてしまうのです。

資本主義社会が提示する価値観や、溢れるように湧いてくる不確かな情報は、人々が自らの内側に軸を持って生きることを難しくしています。ここに現代人の生きにくさがあるのですが、これまで見てきたように村上は作品を通して、「どう生きるか」を自ら選ぶ意志こそが、生きにくさを乗り越える重要な手段だということを伝え続けています。

軸を持ちにくい時代とは、人生に立ちはだかる壁の建設に自らが加担してしまう時代でもあります。時代のからくりをよく理解し、本当に望む人生を目指した先に――本当に望む人生を目指していいと、「自由」に気づいた先に――私たちの幸福は、見えてくるのではないでしょうか。

＊

最後に、ＮＨＫ出版の倉園哲さんに心から感謝申し上げます。倉園さんの寛大なご協力がなければ、この本を完成させることはできませんでした。新書に初めて挑戦する私に、読者に寄り添って書くことの大切さを教えていただきました。

また倉園さんとのご縁を繋いでくださった浜崎洋介さんにも感謝しております。浜崎洋介さんの文章に出会えたおかげで、今の私がいると言っても過言ではありません。浜崎さんの文章に揺さぶられる自分に気づいたとき、自分が今後どう文章と向き合っていくのか、その指針を見出すことができました。

お二人に深く御礼申し上げます。ありがとうございました。

二〇二五年二月

仁平千香子

引用文献

本書で引用した版を示しました。
上段は単行本の初版刊行年です。

小説
一九八五年『世界の終りとハードボイルド・ワンダーランド』新潮文庫〔全二巻〕二〇一〇年
一九八七年『ノルウェイの森』講談社文庫〔全二巻〕二〇〇四年
一九八八年『ダンス・ダンス・ダンス』講談社文庫〔全二巻〕二〇〇四年
一九九四年『ねじまき鳥クロニクル』新潮文庫〔全三巻〕二〇一〇年
二〇〇二年『海辺のカフカ』新潮文庫〔全二巻〕二〇〇五年
二〇〇四年『アフターダーク』講談社文庫　二〇〇六年
二〇〇九—二〇一〇年『１Ｑ８４』新潮文庫〔全六巻〕二〇一二年
二〇一七年『騎士団長殺し』新潮文庫〔全四巻〕二〇一九年
二〇二三年『街とその不確かな壁』新潮社

短編集
一九八六年『パン屋再襲撃』文春文庫　二〇一一年
二〇〇〇年『神の子どもたちはみな踊る』新潮文庫　二〇〇二年
二〇一四年『女のいない男たち』文春文庫　二〇一六年

エッセイ集・旅行記・対談集
一九九〇年『遠い太鼓』講談社文庫　一九九三年

一九九六年『村上春樹、河合隼雄に会いにいく』(河合隼雄と共著)新潮文庫　一九九九年
一九九七年『アンダーグラウンド』講談社文庫　一九九九年
一九九八年『約束された場所で——Underground 2』文春文庫　二〇〇一年
二〇〇七年『走ることについて語るときに僕の語ること』文春文庫　二〇一〇年
二〇一〇年『夢を見るために毎朝僕は目覚めるのです——村上春樹インタビュー集 1997—2011』文春文庫　二〇一二年
二〇一一年『村上春樹 雑文集』新潮文庫　二〇一五年
二〇一五年『職業としての小説家』新潮文庫　二〇一六年
二〇一七年『みみずくは黄昏に飛びたつ——川上未映子訊く／村上春樹語る』(川上未映子と共著)新潮文庫　二〇一九年

エーリッヒ・フロム『自由からの逃走』(日高六郎訳)東京創元社　一九五一年
エーリッヒ・フロム『愛するということ』(鈴木晶訳)紀伊國屋書店　二〇二〇年
国際交流基金企画　柴田元幸・沼野充義・藤井省三・四方田犬彦編『世界は村上春樹をどう読むか』文春文庫　二〇〇九年
ジュリエット・ショアー『働きすぎのアメリカ人』(森岡孝二・青木圭介・成瀬龍夫・川人博訳)窓社　一九九三年
ロバート・ウォールディンガー&マーク・シュルツ『グッド・ライフ——幸せになるのに、遅すぎることはない』(児島修訳)辰巳出版　二〇二三年

校閲　井戸川理佳
DTP　角谷　剛

仁平千香子 にへい・ちかこ
1985年、福島県生まれ。
文筆家、フリースクール東京y's Be学園実学講師。
東京女子大学文理学部英米文学科卒業後、
豪ウーロンゴン大学人文学部で修士号、
シドニー大学人文学部で村上春樹研究の博士号を取得後、
山口大学で8年間講師を務める。
著書に、*Haruki Murakami: Storytelling and Productive Distance* (Routledge)、
『故郷を忘れた日本人へ：なぜ私たちは「不安」で「生きにくい」のか』
(啓文社書房)など。

NHK出版新書 740

読めない人のための
村上春樹入門

2025年3月10日　第1刷発行
2025年4月15日　第2刷発行

著者　仁平千香子
発行者　江口貴之
発行所　NHK出版
〒150-0042 東京都渋谷区宇田川町10-3
電話 (0570) 009-321(問い合わせ) (0570) 000-321(注文)
https://www.nhk-book.co.jp (ホームページ)

ブックデザイン　albireo
印刷　新藤慶昌堂・近代美術
製本　藤田製本

Printed in Japan ISBN978-4-14-088740-0 C0295

NHK出版新書好評既刊

「新しい中東」が世界を動かす
変貌する産油国と日本外交
中川浩一
中東諸国の表裏を知る元外交官が、大規模改革で台頭する「新しい中東」の様相をレポートするとともに、日本が進むべき道を大胆に提言する。
736

「蔦重版」の世界
江戸庶民は何に熱狂したか
鈴木俊幸
蔦屋重三郎の出版物に、なぜ江戸庶民は熱狂したのか。大河ドラマ「べらぼう」考証者で蔦重研究の第一人者が「蔦重版」の真髄を解説！
737

新プロジェクトX 挑戦者たち4
小惑星探査機はやぶさ
カンボジア奇跡の水道 3・11孤立集落救出
電動アシスト自転車 スケートボード五輪金
NHK「新プロジェクトX」制作班
はやぶさを帰還させた科学者チーム、国境を越えて命をかけた水道マン、ふるさとに救助の道をつないだ被災者。社会を変えた「裏方」たちの逆転劇！
738

揺らぐ日本のクラシック
歴史から問う音楽ビジネスの未来
渋谷ゆう子
なぜクラシックは日本で必要なのか？ いかに存続しうるのか？ 日本のクラシック発展史と海外との比較から、進むべきビジョンを問う。
739

読めない人のための村上春樹入門
仁平千香子
「今さら読み始められない」「読んだけど消化不良」という人へ、「自由」を軸に読めば誰もが村上文学を味わえることを示す。作家像を一新する入門書。
740